Yael Pieren

Storchenbiss

Yael Pieren

Storchenbiss

Roman

Rotpunktverlag

Die Autorin dankt herzlich:

Raùl, Daniela und Tristan, die mir geholfen haben, diesem Text einen Kern, eine Form und letztendlich auch einen Namen zu geben.

Julia für die schönen Aufnahmen.

Salome und Jonas für den Mut zu Scheitern.

Liza, Aïcha, Maya, Lukas und Francesca
für ihren Humor, ihren Ansporn und ihre Gesellschaft.

Der Verlag dankt dem Migros-Kulturprozent
für die finanzielle Unterstützung.

MIGROS
kulturprozent

www.rotpunktverlag.ch

Umschlagbild: Frühling in Wien, photocase.com/Live2
Gestaltung: Patrizia Grab
Druck und Bindung: Friedrich Pustet KG, Regensburg

ISBN 978-3-85869-494-2

1. Auflage 2012

Für Georg

Eins

Meine Wohnung ist zweiundzwanzig Quadratmeter groß. Am Tag der Schlüsselübergabe, noch bevor ich den Raum einzurichten begann, habe ich sie präzise ausgemessen. Draußen vor der Tür stapelte ich meine wenigen Kisten, klein und handlich und sorgfältig beschriftet in Großbuchstaben. Lange stand ich im leeren Raum, betrachtete die hellen Flecken an der Wand, wo vorher Bilder gehangen hatten, und ging den feinen Rissen in der Decke nach. Ich spürte keine Eile, dieses kahle Zimmer zu füllen. Mir war wohl im Gedanken, dass die vorigen Bewohner ihre Spuren hinterlassen hatten.

Sie ist ein wenig größer, als mir der Vermieter laut Vertrag zugesprochen hat. Deshalb habe ich auch darüber hinweggesehen, dass sich der Hahn im Schüttstein nicht richtig schließen lässt. Ein paar Tage ging es nur, nun höre ich sein Tropfen schon lange nicht mehr.

Vor dem Fenster zur Straße steht ein kleines Tischchen mit zwei Stühlen, an dem ich morgens Kaffee trinke. Das Bett mit der weißen Wäsche, direkt unter der Dachschräge, hat mir die Frau von nebenan überlassen. Besteck, Teller, Tassen, Töpfe, Glühbirnen, Nachttisch, Kleiderständer, Lederschuhe sind alles Geschenke oder Leihgaben.

Ich möchte in absehbarer Zeit jeden Gegenstand mit einem eigens von mir ausgesuchten ersetzt haben. Zu diesem Zweck steht ein altes Bierglas auf der Küchenablage, in das ich mein abfallendes Kleingeld lege. Auch das Glas ist ein Geschenk. Bislang liegen nur sehr wenige Münzen drin. Unabgeschlossene Fahrräder finde ich überall und nehme sie für kurze Zeit in meinen Besitz, bevor ich sie wieder am selben Ort abstelle. So ist es, glaube ich, kein Diebstahl.

Ich habe meine Hausschuhe mitgebracht, meinen Lichtbildausweis und ein paar meiner Kleider. Auf den Winter bin ich schlecht vorbereitet. Mein einziger Mantel ist nicht wirklich warm, mehr schön, mit riesigem Kragen, der die Schultern umspielt, keine Kapuze, die Ärmel reichen gerade so bis zum Handgelenk. Ich besitze weder Handschuhe noch einen Schal, noch warme Wollsocken, und ich habe auch nie zu den Mädchen gehört, die sich der Kälte wegen dicke Pullis überstreifen.

Neben der Dusche auf dem Lavabo liegt ein Kamm, mit dem ich mir nach dem Aufstehen die Haare entwirre. Ich wasche sie mit derselben Flüssigseife, die ich auch zum Reinigen meiner Kleider benutze. Die Einfachheit meines Alltags gefällt mir. Manchmal, wenn kein aufmerksames Auge mich verfolgt, trage ich die Pullover, Hemden, Hosen und Kleider so lange, bis ich sie in eine Ecke stellen könnte. Dann fülle ich sie in einen Papiersack, trage sie die Straße runter in den Waschsalon und verbringe den Nachmittag damit, ihnen beim Herumschleudern in der Trommel zuzusehen. Es sind sieben Stück. Zwei schwarze Pullover, ein weißes Hemd, ein Paar Jeans, zwei Sommerkleider, ein blaues und ein rotes, und mein Mantel. Meine Unterwäsche, natürlich. Vielleicht zählt sogar auch noch mein Hut dazu.

Die Schneekugel auf dem Fensterbrett ist auch ein Geschenk, das einzige, das ich nicht ersetzen möchte. Mein Bruder hat sie als kleiner Junge für mich mitgenommen. Genau genommen hat er sie geklaut, in einem Spielwarenhandel. Nachdem ich das herausgefunden hatte, plagte mich jahrelang das schlechte Gewissen und ich wollte sie unbedingt zurückbringen. Ich infizierte meinen Bruder mit dem großen Mitleid der alten Verkäuferin gegenüber. Sie hatte nie Kundschaft. Sie saß stets alleine hinter der Kasse am Eingang und stierte zum Fenster hinaus, zwischen dicken, schmutzigen Spinnweben hindurch. In meinen kindlichen Träumen waren die Viecher ihre einzigen Gesellen, sie sprach mit ihnen und suchte sich aus der Überzahl elend verendeter Insekten ihr Mittagessen aus. Wir sind ein paar Mal vor ihrem Fenster hin- und hergegangen, ohne den Laden je zu betreten. Er hat sich nicht getraut und ich wollte meine Schneekugel nicht hergeben. Die Besitzerin starb dann. Ein kleines Schild an der Tür teilte von ihrem überraschenden Ableben mit, daran kann ich mich noch gut erinnern. Sie starb inmitten ihrer Holzklötze, Karten, Brettspiele, Stofftiere und Puppen, einfach so, in einem einzigen Moment. Lange blieb alles an seinem Platz und der Staub wütete um die unberührt gebliebenen Stücke. Fast ein ganzes Jahr dauerte es, bis der Laden geräumt wurde. Sie fuhren mit einem Lastwagen vor und entsorgten die Spielwaren in großen, schwarzen Säcken. Seither sehe ich dieses Geschenk als meinen rechtmäßigen Besitz an.

Es liegt neben dem einzigen Buch, zu dessen Kauf ich mich durchringen konnte; fast dreihundert Seiten voller falsch gezeichneter Karten, Irrtümer über das Gesicht der Welt, die unsere moderne Technologie nun der Lächerlichkeit preisgibt. Beim Blättern stelle ich mir die Angst vor, über den Rand der Erde zu fallen, oder den Stolz, einen schier übermächtigen Flecken Land zu bewohnen, der auf heutigen Karten verloren unter einem Kontinent klebt.

Es ist eines der wenigen Bücher überhaupt in meiner Wohnung. Als ich herkam, dachte ich mir, sie mitzunehmen, wenn sie auf der Straße ausliegen, und an der Wand entlang zu stapeln, aber irgendwie mag ich doch keines davon behalten, habe ich es einmal gelesen. Ich lege sie dorthin zurück, wo ich sie gefunden habe, oder stecke sie wahllos und ohne Notiz in fremde Briefkästen. Unter meinem Bett bleibt nur, was beim Saubermachen druntergekehrt und dann vergessen wurde.

Manchmal denke ich, in dieser kleinen Wohnung und dem Raum und der Zeit darum lebe ich sehr unserem menschlichen Naturell entsprechend. Unserem gesellschaftlichen auch, heute. Ich nehme Dinge mit, sie werden mir gegeben, ich benütze sie und lege sie wieder ab.

Es gibt fast nichts, an dem ich hänge. Natürlich bin ich stolz auf mein rundes Tischchen und seine zwei Stühle, aber es würde mich auch nicht stören, wenn es zu Bruch ginge. Ich liebe es, meinen Mantel zu tragen und den Kragen aufzustellen, mir scheint, als ginge ich sehr viel aufrechter in ihm als sonst, und wie er mir in Zugluft um die Beine streift, lässt mich die Kälte gut ignorieren. Trotzdem glaube ich nicht, dass ich traurig wäre, wenn die Naht risse oder ihn jemand einfach mitnähme. Es ist so: Die Dinge bedeuten mir nicht sehr viel. Sie sind wie Nahrung, die ich zu mir nehme, verdaue und wieder ausscheide. Der Mechanismus der Abnützung ist ein notwendiges Übel, wenn man leben möchte. Ich kann mich nicht daran erinnern, dieser Tatsache gegenüber je einen Widerwillen empfunden zu haben. Gelebt habe ich immer gerne.

Fragt man mich nach meinen Besitztümern, so hole ich weit aus und sage, ich besäße sehr viel. Vielleicht, weil es eigentlich nur ganz wenig ist und ich alles bis ins kleinste Detail kenne. Es kann aber auch sein, dass ich mich daran gewöhnt habe, mir die Dinge einfach zu nehmen, und ich so in Momenten der Überheblichkeit davon ausgehe, daß mir sowieso fast alles gehören könnte, wenn ich denn nur wollte.

Mein wertvollster Besitz wäre meine Schneekugel. Das ist sie wirklich. Drehe ich sie, stelle ich mir meinen Bruder vor, gestochen scharf in allen Linien und sehr lebendig. Ich bräuchte sie dazu nicht, ich habe ein fabelhaftes Gedächtnis, es bedürfte wahrscheinlich nicht einmal größerer Anstrengung, um ihn mir einfach so in Erinnerung zu rufen; aber es ist ein Ritual, ich möchte es nicht anders. Er soll nur mit dieser Schneekugel für einen kurzen Moment wieder da sein, egal wie oft am Tag ich sie drehe. Er soll nicht herumspuken. Ich möchte nicht mit Geistern leben.

*

In meiner Wohnung ist es fast immer still. Manchmal pfeift der Wasserkessel. Das Haus ist sehr hellhörig und ich bin unfreiwilliger Zeuge vom Leben meiner Nachbarn. Ich weiß, wann sie duschen, wann sie zur Toilette gehen, wann sie Liebe machen und wann sie streiten. Trotzdem dringen all diese Geräusche nicht vor, nicht weit. Ich kann im Bett liegen und mir selbst beim Atmen zuhören. Wie ich schneller atme, mein Herzschlag sich beschleunigt. Wie ich wieder zur Ruhe komme. Es wiederholt sich ein paar Mal. In meinem Kopf rasen die Gedanken, aber ich befreie mich irgendwann davon. Meine Fähigkeit diesbezüglich ist ein Rätsel, die Geburt meiner Fantasie. Sie bäumt sich auf und wehrt sich gegen Erinnerungen, die nicht vergessen werden können. Ich nehme den Bildern ihre Farben und Konturen und sie verschwimmen ineinander und formen sich zu etwas Neuem, zum Bild einer Welt, die mir gehört. Oder es zumindest einmal getan hat. Es ist nun nicht mehr notwendig, in Hirngespinste zu flüchten, wie ich es früher zu tun pflegte. Ich erlaube mir diese Minuten als mutwilliges, kurzes Träumen. Es ist eine Beschäftigung ohne jeden Tiefgang.

Weil sie Stille gewohnt ist, erschrickt meine Wohnung, habe ich einmal Besuch. Sie wehrt sich gegen den Wirrwarr an Stimmen, sie wird klein und stickig und unsauber. Mein Besuch und ich, mehr als zwei Personen vertragen die wenigen Quadratmeter nicht, trinken gemeinsam Kaffee an meinem Tischchen. Man sagt, dass die Aussicht sehr schön sei und das Parkett gefalle. Es wird etwas mitgebracht, Kekse, Tee, Reis und an Abenden eine Flasche Wein. War der Besuch einmal da, kommt er meist wieder. Ihm gefällt der Stuck an der Decke und um die nackte Glühbirne und die Abwesenheit jeglicher Restriktionen, was das Rauchen anbelangt. Die Dusche ist winzig, aber das heiße Wasser versiegt nie. Im Winter kommt manch einer bloß dessentwegen. An gewissen Tagen scheint es mir ein entsetzliches Geläuf, aber die meiste Zeit verbringe ich doch alleine. Ich möchte dann nicht lesen, und es gäbe keine Musik, die man hören könnte. Ich treibe dieses Spiel mit mir selbst und meinem Atem. Ich wundere mich über die Stille. Ich wundere mich darüber, dass sie so laut sein kann, und ich wundere mich über ihr Betteln um Aufmerksamkeit zwischen den Lärmpausen. Es entspricht ihr so gar nicht.

Mein Besuch sieht sich beim ersten Mal oft lange um, bis er merkt, dass es tatsächlich die Musik ist, die dem Raum fehlt, und nicht ein Bild an der Wand und die Vorhänge am Fenster. Er kneift die Augen unter der Sonne zusammen und fragt mich, ob mich diese Ruhe denn nicht in den Wahnsinn treibe. In solchen Momenten fühle ich mich ein klein wenig erhaben. Ich habe eine Leidenschaft, die ich mit niemandem teile. Ich möchte nicht, dass sie einer versteht. Es unterscheidet und trennt mich von ihnen und ich bewahre mir etwas.

Ich könnte die Menschen, die durch diese Tür gehen, nicht als meine Freunde bezeichnen, und doch schätze ich ihre vorübergehende Gesellschaft ungemein. Wir sprechen über vieles oder fast gar nichts. Wir trinken. Rauchen. Ich habe mir das angewöhnt und es füllt viel leeren Gesprächsraum. Es sind Leute da, mit denen das Schweigen schwerfällt, und da helfen die Zigaretten. Alleine rauchen ergibt für mich keinen Sinn. Ich habe viele Feuerzeuge von überall her. Sie sind die Souvenirs von Reisen, auf denen ich selbst nie war, und so sind sie auch die Ideen für ein Leben, das ich noch führen könnte. Ich könnte Städte besuchen und mich von ihren Monumenten beeindrucken lassen. Ich könnte in der Natur verloren gehen, die ich in ihrer Gefahr gar nicht kenne. Ich dringe in diese Postkarten ein. Ich steige wie durch ein Fenster in eine fremde Welt. Am liebsten in Gedanken bloß.

Die Menschen, die durch diese Tür gehen, nehmen ein Stück von mir mit. Ich bin selten alleine gewesen in meinem Leben, aber wenn, dann war ich gut darin. Mir schien, als nehme man immer zu viel von mir. Als denke und entscheide und fühle und urteile man für mich. Jetzt setze ich langsam zusammen, wer ich bin, und verteidige es auch. Es fällt mir nicht mehr schwer, etwas fortzugeben. Eine Ansicht, einen Denkanstoß oder auch eine Einstellung. Einen Teil meines Lebens und meiner Geschichte. Wie es wirklich war, könnte ich gar nicht erzählen, nicht ihnen. Ich wäre nur diese Wahrheit für sie. Und noch bin ich nicht viel mehr. Noch bin ich ein Kopf voller Ideen und ein Körper voller Widerwillen mit zwei Füßen, die nicht wissen, in welche Richtung sie zu laufen haben. Es gibt so unendlich viele Möglichkeiten, wer ich sein könnte, und es gibt nur diese eine Tatsache und nur eine Zeitrechnung, in der ich bis jetzt gelebt habe. Vielleicht weil ich so wenig in Zukunftsgedanken gelebt habe, gibt dieses Gestern das Heute nicht her. Ich sehe es so. Ich möchte es nicht, aber ich bin überwältigt von allem, was jetzt hier ist. Wenn ich mir heute Schuhe kaufe, dann werden sie mir auch in zwanzig Jahren noch passen. Allein dieser Gedanke könnte mich nächtelang wach halten.

Die Stille und der Atem und mein Spiel mit ihnen ist der Versuch, etwas zu finden. Einen Teil von mir, der unberührt geblieben ist. Wie ich mich über die Stille wundere, so auch darüber, tatsächlich hier zu stehen.

Ich sehe meine Füße an. Ich stehe vor dem Fenster, ich könnte hinaussehen und all dem Treiben folgen, das vorbeizieht. Aber ich sehe nur meine Füße an.

Restaurant Zum goldenen Eck, *ein festlich gekleidetes Pärchen mit ledernem Schuhwerk an einem der drei runden Tische zu je zwei Plätzen, April 1970:*

Ein Abend, an dem sie ihr Kleid über die weiche Haut streift, vor dem Spiegel Haare, Gesicht und Hals in ein anderes Licht rückt, zu leiser Musik Zehen tanzen, sie die Augen unter tiefem Kohlenschwarz versteckt und schließlich vor dem Schuhebinden noch einmal überprüft, ob fünfzehn Zigaretten in der silbernen Schachtel liegen, ist ein Schritt hinaus aus unserem eigentlichen Leben. Wir bevorzugen es, alleine zu sein, nur wir beide, hinter geschlossenen Türen. Dort legen wir ab, was wir sorgfältig einstudiert haben: Lachen, Manieren, Gestik. Wir locken hervor, was sich unter den Blicken anderer tief versteckt hat, und kehren zurück zu uns selbst.

Wir bewegen uns ungeschickt auf dem Klangteppich, den wir beim Gang über die Schwelle des Restaurants betreten haben. Es ist ein anderer, der ihr den Mantel von den Schultern hebt, und die Augen vieler Männer folgen meiner statt ihren Bewegungen. Ihr Blick geht abwesend durch den Raum; sie müht sich nicht, den Ort und seine Menschen in Erinnerung zu behalten.

Das Geklirre des Bestecks, Gläser zum Prost gehoben und wieder abgestellt, das Schneiden des Fleisches, das Entzünden eines Streichholzes, Haut, Haare, Hände, ineinandergreifend und aneinander vorbei, ein Lachen, das echt nicht so schnell verklingen könnte, die winzigen Füße eines Säuglings, umschlossen und bespielt von den Fingern seiner Mutter, dieser Knäuel von Stimmen, von Geschrei, Unmut, Freude, Liebelei. Sie schwenkt ihr Weinglas und sieht der Mücke beim Ertrinken zu. Wir spannen eine Stille um uns und sprechen kein Wort. Wir sind da. Wir erlauben uns, nicht anwesend zu sein, nicht in Gedanken.

Wir nehmen alles auf und hören jedes Wort, unsere zur Schau gestellten Gesichter lassen ein und geben wieder, was sich gehört; ein kurzes Stirnrunzeln, ein Lächeln, eine Andeutung von Zärtlichkeit an den Partner gerichtet. Um diesen Kern in uns, den wir nicht preisgeben wollen, spannt sich eine Taubheit, die wir anderen zu durchdringen verwehren. Sich die Hälfte eines Ganzen wissend, macht uns verletzlich. Nicht immer gelingt die Flucht ins Schauspiel. Je größer die Nähe zueinander ist, desto vehementer verteidigen wir den Kern unserer Person, wächst aber auch die Angst, bloßgestellt und nackt zu sein, entschiede sich der andere zu gehen.

Ich verliere mich nicht in einer einzigen, feinen Bewegung, die sie vollzieht, verfolge nur das ungelenke Nesteln an der silbernen Schachtel, um im richtigen Moment das Feuerzeug zu zücken, sie nicht straucheln zu lassen in Unaufmerksamkeit.

Ich rücke meine Krawatte zurecht, zupfe Haare weg, die sich an unsere Kleider geheftet haben, unangenehm getrieben vom Stoff, der sich fremd an meine Haut reibt. Es sind die Kleider anderer Menschen mit unseren Gesichtern und im Besitz einer Geschichte, die Fleisch um ihre erdachten Knochen wachsen lässt. Erdige, schöne Gestalten, kurz eingefangen mit dem Blick und wieder vergessen. Als solche geben wir uns aus, wir kennen sie, als wären wir sie selbst. Wir bitten sie hinein, bis Stunden später die Tür wieder ins Schloss fällt. Aus Fensterritzen, losen Parkettbögen, Küchenschränken und Rissen in der Decke kehrt dann eine Erleichterung ein. Wir entledigen uns unserer Kleider und unserer Spielfiguren, koppeln die Taubheit und alle zur Schau gestellte Zärtlichkeit ab.

In diesem Restaurant benötige ich nicht mehr als einen einzigen Blick und ich könnte es beschreiben, ganz genau so, wie es mich gerade umgibt. Ich weiß alle Zahlen, Plätze, Gesichter, Ausdrücke, Augenfarben. Ich durchlaufe sie in meinem Kopf, berechne Distanzen, spinne unsichtbare Seile, bis irgendwann jeder Gegenstand mit dem anderen verbunden ist und sich alle verfangen in diesem Netz, nur ich nicht, nur sie nicht, nur wir beide bleiben vollkommen unberührt. Gefangen und frei in einem Vakuum, in einem toten Raum, der nichts beherbergt außer uns.

Sie verfolgt die Stimmen. Ihr geübtes Ohr dringt in Gespräche und Schweigen ein und generiert ein Bild. Wir sehen uns manchmal an, wir wissen, es wird von uns verlangt, und schon sinke ich unter den Augen der anderen Männer zusammen, deren Blick nach langer Verlorenheit an ihr mich zwangsläufig für meine Nichtachtung straft. Wie ich es wage, sagt er ganz ohne Worte, meine Freundin keines Blicks zu würdigen, nicht ihre Halskette zu bestaunen, die aus dreihundertsiebenundsechzig winzigen Goldringen gefertigt wurde, und nicht ihr Kleid anzusehen, nicht das Verrutschen der Träger beim Anheben der Gabel, nicht ihr Gesicht, das ich in jeder kleinen Einzelheit zeichnen könnte, exakt so, wie sie vor mir sitzt, wie eine Fotografie, ein Spiegel, der diejenigen einfängt, die sich zu einer Betrachtung ihrer eigenen Gestalt haben hinreißen lassen.

Wie würde es wohl sein, sie wieder zum ersten Mal sehen zu dürfen. Sich der Illusion hinzugeben, ich erkunde ihren Körper, wieder und wieder, und wäre ganz Auge, das sich in seiner Faszination nicht abwenden kann. Sie dürfte das Einzige sein, an das ich mich jeden Tag aufs Neue erinnern muss. Ich fragte sie nach ihrem Namen, wanderte den endlosen Venensträngen entlang, drehte die Haare zwischen meinen Fingern und versuchte sie zu zählen und verlöre mich dabei.

*

Akzeptiert, es ist nicht möglich, den Menschen zu entgehen. Wenn wir um ihre Anwesenheit bitten, versuchen wir uns in ihr gesellschaftliches Treiben einzuschleichen, uns ihr Verhalten anzueignen. Wir bleiben scheu in unserer Begutachtung, unserer Studie und dürften nicht so erleichtert sein, den Türknopf unserer Wohnung im Handballen zu spüren. Wir sitzen an diesem Tisch und trinken wie die anderen und sehen einander an oder sprechen kein Wort, aber es hört nie auf, Schauspiel zu sein.

Den wenigen Menschen, die uns kennen, scheint unser Leben in der Stadt grotesk. Erzählen wir ihnen, dass wir beide weit draußen gelebt haben, so verstehen sie nicht, dass wir von dort weggegangen sind. Ich versuche, es ihnen zu erklären, ich sage, es sei das Flüstern der Leute dort gewesen, die alles einnehmende Stille, der man nicht entfliehen kann. Nirgends sonst kann man auf eine solche Art verschwinden wie unter einem Pulk, kann man so leise sein, als wenn um einen alles palavert, streitet, liebt, raucht, frisst, schnauft. Wenn in der Stadt die Tür ins Schloss fällt, kehrt eine Ruhe ein, die man uns dort nicht zugestehen würde. Entflieht man dem Getümmel, fragt es nach nichts.

Wir besuchen dieses Restaurant zu jedem Monatsende hin. In der Annahme, wir erwarteten durch unser regelmäßiges Kommen eine besonders zuvorkommende Behandlung, werden wir stets an denselben Tisch gesetzt. Man bringt Blumen und eine neue Kerze, begrüßt uns mit Namen und erkundigt sich nach unserem Befinden.

Serviert man uns das Essen, zuckt kurz das Auge, lupft sich die Wimper. Das Vorenthalten meiner Freude zu schälen, zu schneiden, zu kochen, zu braten, zu pochieren, anzurichten und dann verschwinden zu lassen, setzt mein Schauspiel für einen Moment außer Kraft. Sie reckt ihre Finger über den Tisch und legt sie auf meinen Handrücken, und ihre erlernte Gewöhnung an die Bewirtung imponiert mir.

Nach einem gemeinsamen Essen zu Hause legen wir die schmutzigen Töpfe ein, polieren die Gläser, packen ab, was nicht gegessen wurde, trocknen mit dem Küchenlappen alles nach. Wir gehen auf den Markt und sehen jeden Apfel an, bis uns einer gefällt, und drehen jede Weinflasche und zeichnen durch jedes Staubkorn mit unserem Zeigefinger. In einem vollständigen Akt können wir uns ganz und gar verlieren, in aller Freude und Hingabe, wie wir auch glauben, einander in einer Gänze verstanden zu haben, die niemand nachempfinden kann. Daraus leiten wir ab, über den anderen zu stehen, unter ihnen, wo genau ist nicht wichtig. Wir sind losgelöst von ihren Idealen und Zwängen, tief in uns finden sie keinen Raum, keine Luft zum Existieren. Uns ist ein Platz, der niemandem sonst gehört.

Die Idee, in der Zweisamkeit eine Perfektion erreicht zu haben, infiltriert unseren Körper, unsere Sprache und unsere Gebärden bis zum letzten Fingerzeig. Miteinander ist kein Wahnsinn möglich, und der Gedanke, tief zu stürzen, einander zwischen den Menschen und an sie zu verlieren, belustigt uns, er erscheint so unwahrscheinlich weit weg, er könnte so vielen gelten; uns betrifft er nicht. Wir teilen eine Ruhe miteinander, ein tiefes, gründendes Schweigen, das Privileg, nichts sagen zu müssen und zu verstehen.

Vom Zuviel an Leben können wir nicht müde werden, das Getümmel nährt uns, wir verschwinden unter all diesen Stimmen. In einer Welt, in der es nie still ist, schätzen wir jeden ruhigen Moment als etwas Kostbares und ziehen uns ganz zurück. Wo nicht bloß ein Raunen und Flüstern herrscht, können wir uns in den Schlaf zurückziehen, ein wohliges Schweigen um uns wissend, was uns beide betrifft.

Mitternacht dann, wenn sie ihr Kleid über der weichen Haut abstreift, kaltes Wasser die Schminke verwischt und ihr Gesicht kurz zur Fratze werden lässt, sie die letzte Zigarette aus der silbernen Schachtel nimmt und in lautem, gierigem Schnauf raucht, neben mir im Bett, dessen Wäsche ganz nach uns riecht, ist wie ein Schritt zurück in unser eigentliches Leben und alles, was wir darin miteinander teilen.

Durch die Dunstschwaden greift meine Hand nach ihren Brüsten, fahre ich mit meiner Zunge unter ihre Achsel und nehme dem erschöpften, fast fiebrigen Körper den Geruch des Abends.

Ich hole sie zurück aus ihrem Halbschlaf, wenn ich auf ihr Becken steige, warte, bis sich ihr entrückter Blick klärt und zu einem mädchenhaften Lächeln weitet, sie die Fingerkuppen ihrer unvollständigen Hand an meinen Rücken legt und schneller zu atmen beginnt. Nie sagt sie mir in dieser Verzückung, zwischen lautem, weibischem Stöhnen, zerbrechlich unter meinen heftigen Stößen, ich liebe dich.

Ein Dachboden in einer prächtigen Kulisse, zwei Köpfe zwischen Ramsch und Gold, einer mit braunem Haar, einer mit blondem, zuvor bestimmte Erläuterungen, Gedankengänge und die Erklärung eines langsamen Entschwindens, September 1964:

Ich habe sechzehn verschiedene Füllfederhalter ausprobiert, mit denen ich schreiben wollte über diesen Tag, über den Anfang unserer Geschichte. Ich meine zu wissen, dass es bestimmter Umstände bedarf, um etwas zu Papier bringen zu können. Eine bestimmte Tinte, ein bestimmtes Licht, eine bestimmte Tageszeit, ein bestimmter Versuch in der Annahme, es könne nur diesen einen geben. Vielleicht gibt es den perfekten Moment tatsächlich und ich habe ihn versäumt, und deshalb verbeiße ich mich in all die Details, ohne dass sie sich je zu meiner gewünschten Vollkommenheit fügen.

Die folgenden Seiten über den Tag, an dem unsere Geschichte begann, sind Skizzen und als solche zu lesen. Wie mein Kind, das ich an ein Leben ohne mich verloren habe, will ich auch diesen Text, fast vierzig Jahre nach der ersten Begegnung mit meiner Frau und unzähligen Versuchen, diesen Tag noch einmal einzufangen und wiederzugeben, mit dem letzten Punkt nun loslassen.

Von heute aus sehe ich auf das, was in meinem Leben passiert ist, ich kann es in meinem Kopf beliebig oft abspulen; ich kann es doch nicht vollkommen erzählen. Ich kann es nicht ändern. Ich kann es auch nicht vergessen. Es ist, als stünde ich zu Stein geworden in diesen Erinnerungen und weiß um jedes Wort und jede Bewegung, Minuten bevor sie tatsächlich geschehen. Ich sehe meinem Vater dabei zu, wie er aus der Tür geht, und habe die Hand noch zum Gruß gehoben, lange nachdem er gegangen ist. Ich sehe ihr dabei zu, wie sie ihre Bluse aufknöpft, und blicke auf die erstaunten Augen meines jüngeren Selbst gar, ohne in dieselbe wundersame Schockstarre verfallen zu können. Zwischen ihren Schenkeln eine Ahnung, ein winziges Gebilde, ungreifbar bis zur Sekunde, da es ins Leben drängt. Dann wieder ein beliebiges Buch, ein beliebiger Ort, eine beliebige Geste. Ein beliebiger Moment, der mir in seiner Schärfe ebenso wenig verloren geht.

Für einen, der sich an alles erinnern kann, dem der Tod eines geliebten Menschen ebenso eingebrannt worden ist wie das Verrichten der Wäsche an einem beliebigen Tag eines beliebigen Monats, ist das Schreiben eine Annäherung an die banale Natur des Menschen. Ich siebe aus, was nicht von Bedeutung ist, klaube Fetzen zusammen, welche die Geschichte meines Lebens formen. Ich rechne alle Tage zusammen, dividiere hinaus, rechne neu, streiche weg, versuche eine Gleichung zu finden, die in ihrer Einfachheit vollkommen ist.

Ich versuche, wieder zu Atem zu finden. Das Leben als solches ist gar nicht kurz. Würdet ihr euch an all die zugebrachten Stunden erinnern, dann schiene es euch wie mir; sie sind zu viel für einen allein.

*

Es war mein Wunsch an diesem Tag, meiner sterbenden Mutter ein letztes Geschenk zu finden. Sie lag hinter verschlossener Tür in unserem alten Haus, und wir beide wussten, sie würde es lebend nicht mehr verlassen. Sie wusste es nur in Augenblicken, wenn sie da war, wenn sich kurz die Reste in ihrem Bewusstsein aneinanderfügten, wie zu einem Kurzschluss, einem Gedankensprung. Ich hingegen kam nicht in den Genuss auch nur eines einzigen Moments, in dem ich es nicht wusste, nicht einmal im Schlaf, nicht einmal in Träumen.

Die unabdingbare Tatsache war eingelassen worden, und ich lebte nun mit ihr, wie man mit einem widerspenstigen Weib lebt, mit einem streitbaren Geschwister. Ich fügte mich ihren Regeln, denn es war die einzige Möglichkeit, in diesem Würgegriff den Atem nicht zu verlieren. Ich fügte mich jedoch nicht ohne Sträuben. Ich zerrte an diesem Arm, der meinen Hals umklammerte, ich verleugnete und ich bettelte. Ließ ich mich zur Kapitulation hinreißen, wurde der Würgegriff um meinen Hals zur zärtlichen Umarmung, in der ich mich wand wie in einem wohlbekannten Liebesspiel.

Der Tod war auf leisen Sohlen eingeschlichen. Er legte seine dürren Finger erst zaghaft an ihren Kopf, saß sie frühmorgens bei Kaffee am Tisch, und sie schob es auf das

Wetter und das Alter; in ihrer Verleugnung schien sie so müde, als warte sie seit Jahren darauf, endlich die Augen schließen und schlafen zu dürfen. Hätte ich sie zu Bett gebracht und zugedeckt, wäre sie in einen Schlummer gefallen, der sich in seiner Tiefe verlor, bis das Erwachen vergessen ginge. So hielt ich sie lange wach und am Leben, als Zeuge eines endlosen Sterbens, das in unser Haus, in ihr Zimmer und zu ihr vorgedrungen war, sie in langsamen Schritten einverleibend.

Der Tod umschloss zögerlich ihr Gemüt und zeichnete tiefe, blauschwarze Ringe unter ihren Augen, mit einer solchen Sorgfalt und Präzision, dass sie eines Tages blieben, so als hätten sie schon immer zu ihr gehört. Er schälte ihr fein die Farbe vom Gesicht bis zur durchscheinenden Blässe, und ich konnte den Äderchen dabei zusehen, wie sie in der Mimik erzitterten, wie sie ihre kleinen Wege weiterspannen, indem sie sich bei jedem Zucken im Schmerz neu teilten.

Langsam zog er auch die Wärme aus ihrem Körper; die Rundungen um ihre Knochen entschwanden und die Geborgenheit in ihren Armen ging verloren. Wo zuvor mein Kopf auf üppigem Busen gelegen war, driftete er nun über eine magere Brust, versuchte sie mich in der Unschuld einer Vergesslichen noch einmal zu halten.

Das sich einschleichende Ende raubte ihr erst den Schlaf, als sie sich mit nicht enden wollenden Schmerzen im Bett wand, und bevor sie es wusste, hatte es ihr auch schon ein kleines Stück ihres Verstands entrissen. Halb in

Träumen rief sie, jemand wolle ihr den Schädel durchsägen, jemand wohne darin und wolle ausbrechen, sie riss sich büschelweise Haare aus und wachte dann auf und bezichtigte mich der Handgreiflichkeiten. Mit ihren dürren Gliedern holte sie aus, um für ihre Unversehrtheit zu kämpfen, und duckte ich mich nicht, traf mich in ihren Schlägen auch die Ahnung einer Kraft, mit der ich nicht umzugehen wusste. In solchen Momenten des Aufbäumens und der damit verbundenen Ratlosigkeit verließ ich sie. Ich brach zu langen Spaziergängen auf und ging weiter in Gedanken noch, schnelleren Schrittes, größeren Muts und frei von verpflichtendem Drang. In einer von mir erdachten Welt war der Tod meiner Mutter ein bereits vollzogener Akt und die warmen Worte derer, die sich nicht mehr in ihre Nähe begaben und mich für meine Zuwendung und Pflege lobten, bloß schmückendes Beiwerk einer grandiosen Lüge. Kehrte ich zurück an ihr Bett und aus meiner Fantasie, nahm ich doch alles an, was die Wirklichkeit in weite Ferne rückte.

Schließlich entzog ihr die Krankheit jegliche Worte, und ihre Ängste verweilten in müden, irritierten, fragenden, dutzendfach gefärbten Augen, deren Ausdruck ich stets aufs Neue zu lesen gezwungen war. Es löste eine tiefe Unruhe in mir aus, meine Mutter unvermittelt anzusehen, den Blick nicht abwenden zu können, so ungeschützt und bloßgestellt waren wir in diesen Momenten zueinander, wie das ganze Leben zuvor nicht.

Langsam verlor sie die Kontrolle über ihre Hände, bis

die Zuckungen sie überwältigten und ich sie am Bett festbinden musste. Sie bettelte durch ihre grau gewordenen Augen, bis sich das letzte Licht darin verlor, aber selbst jetzt, da fast gar nichts mehr von ihr übrig geblieben war, beruhigte sie sich noch immer, betete ich mit ihr gemeinsam. Die Religion, für die sie diesen Schmerz auf sich genommen hatte, spendete ihr einen Trost, den ich nicht verspüren konnte.

Um zu diesem verblichenen Rest meiner Mutter zugelassen zu werden, um nicht wissen zu müssen, dass in ihren letzten Minuten Angst einkehren könnte, wollte ich ihr diesen einen Wunsch erfüllen und Großmutters Halskette wiederfinden, die vor nunmehr fünfzehn Jahren im Schnee verloren gegangen war.

Sollte mir das Kunststück gelingen, dieses Schmuckstück wieder zum Leben zu erwecken, dass es ihren Hals schmiegend ein Gefühl der Sicherheit böte, so wüsste ich meine Mutter in Frieden. Ich sah es als einzige Möglichkeit, meine erdachte Welt nicht aufgeben und ganz in der Wirklichkeit leben zu müssen.

Diese Hoffnung schickte mich aus der Tür zu einer Frau, die einmal Goldschmiedin gewesen war, und auf einen Weg, den ich als Kind viele Jahre Tag für Tag gegangen war. Während der Zeit fernab von zu Hause hatte ich gesehen, wie man Straßen teerte, Häuser baute, die nicht mehr knarzten, als besäßen sie ein Eigenleben, sondern still blieben und erwartungsvoll; aber dieser Weg blieb derselbe, in all seinen unwichtigen Details. Ging ich ihn entlang, war ich wieder ein kleiner Junge, ungemein fasziniert davon, wie ein kleines Stück Wald dicht und eng und dunkel und beängstigend sein konnte, aus dem simplen Umstand heraus, ihn von der Weite der Felder aus betreten zu haben.

Am Ende des Walds war die Luft dünner. Da war die Welt still statt verschlafen, und obwohl ich sie von meinen Versteckspielen als Kind gut kannte, blieb sie mir doch noch immer fremd; da bandelte der Nebel mit den wenigen Bewohnern an und verschluckte Geheimnisse, die sie nicht preisgeben wollten.

Da stand ein Haus, das ich bis anhin noch nicht betreten hatte. Man munkelte, es sei die genaue Nachbildung eines früheren Hauses, in der weit entfernten Großstadt eines schönen Morgens vom Feuer verzehrt und hier wieder errichtet worden.

Da lebte sie mit ihrem Geliebten, dem Mann, der ihr das Flüchten schmackhaft gemacht hatte. Wie eine Figur, die sich in die falsche Geschichte eingeschlichen hatte, wirkte sie in diesem Dorf und an seiner Seite.

Sie war mir damals ein Gesicht am Rande, das keinerlei Regung in mir auslöste. Dass unsere beiden Geschichten eines Tages zu einer würden, wir gemeinsam an einen Ort zurückkehrten, der zu einer bestimmten Zeit und Begebenheit jeweils einem ein Zuhause gewesen war, bevor er es für uns beide würde, wir unsere Zweisamkeit vollkommen machten, nichts und niemanden mehr einließen, wenn unsere Wohnungstür ins Schloss fiel, das hätte niemand geglaubt, der damals Zeuge meiner Gleichgültigkeit war.

Ich sehe ihre Hände, mit denen sie früher, als die Stadt noch ihr Zuhause war, aus dem Leben der anderen flüchtete und sich ein eigenes spann. Sie war Teil des Ganzen, aber genoss die Freiheit, es nicht als solches empfinden zu müssen. Sie fungierte als stiller Beobachter des alltäglichen Treibens, studierte Gebärden und Handeln der Menschen bis ins kleinste Detail und glaubte zu verstehen und entschied sich fernzubleiben. Diese Abkapselung ließ sie ihre Schmuckstücke ungestört zur Vollendung bringen. Schmuckstücke für Menschen, die ihrer eigenen Sterblichkeit etwas entgegensetzen wollten. Das war ein Gedanke, der ihr missfiel, aber er erschien ihr als ein kleines Opfer in Anbetracht all dessen, was ihre Halsketten, Ringe und Ohrstecker auch bedeuten konnten.

Gab sie ein Schmuckstück nach seiner Fertigstellung aus der Hand, so wusste sie, dass es im besten Falle weitergereicht wurde; als Geschenk, Erbschaft oder Bestechungsversuch. Mit jedem Mal, da es den Besitzer wechselte, wuchs auch der Geschichtenschatz des Objekts. So erzählte es mehr als nur ein Menschenleben und war nicht gefangen in der Zeit wie seine Besitzer.

Dann war dieser Sturz. Heute kommt er ihr so entsetzlich dumm vor. Sie war in Eile, sie stolperte, sie fiel die Treppe hinunter, ihre Finger blieben im Geländer stecken und brachen und wuchsen nicht mehr richtig zusammen.

Sie hat wie in Trance auf die gegerbte Kuppe und den schwarzen Nagel gestarrt, als der Arzt ihr den Zeigefinger abschnitt, aber es war ihr ein Anliegen, es sehen zu dürfen und nicht aufzuwachen und plötzlich unvollständig zu sein. Der Schnee hat sich die ganze Stadt einverleibt an diesem Tag, diese dicken, grauen Flocken haben nicht aufgehört zu fallen, sogar die Fahrräder sind unter ihnen verschwunden.

Sie sah sich selbst als diejenige, die sie vor dem Sturz gewesen war, darunter verschwinden. Der Schnee schluckte ihren Finger und ihre Schmuckstücke. Als der Regen kam und dann die Sonne, der Schnee matschig wurde, bevor er schmolz und in die Kanalisationen rann, sickerte auch ihr altes Selbst durch die Rillen unter den Bordsteinkanten davon.

Zwischen gestapelten Kisten und Körben voller Ramsch gehen wir der Welt vor diesen Fenstern kurz verloren. Ich bestaune das Flunkern dieses Hauses. In Momenten glückt sein Versuch der Täuschung. In diesen Kisten und Körben ist die Frau mit den zehn Fingern noch immer lebendig, auseinandergerissen und in winzigen Stücken wohnhaft in Halsketten und Trauringen, die sich nun seltsam warm und weich in meine Handflächen schmiegen.

Sie sagt, der Schmuck sei unbedeutend geworden, und verweist auf ihren Mittelfinger neben der klaffenden Lücke an ihrer Hand, der in seiner Existenz etwas verspricht und für etwas steht, es aber nicht mehr einlösen kann. Es ist ein Finger, der nicht mehr greift und nicht mehr schafft, der nicht mehr fühlt und nicht mehr zugehörig ist. Wie der Trauring einer Frau, die viel zu lange schon Witwe gewesen ist und sich vielleicht kaum noch an das Gesicht ihres verstorbenen Mannes erinnern kann.

Heute sitze sie oft am Fenster, sie sehe auf den Schnee, der Schnee, in dem verloren gegangen ist, was sie ausgemacht hat, und mit diesem Satz, den sie spricht, stehen wir uns für einen kurzen Moment so nahe, dass ich ihr alles sagen und mein ganzes Leben erzählen möchte, über all die beliebigen Tage und das Verrichten beliebiger Arbeit und all die ungewollten Einrisse in eine beliebige Person, die ich zu sein glaubte.

Wir greifen in dieselbe Kiste und ich streife den winzigen Stumpf an ihrer rechten Hand. Ich frage mich später an diesem Tag, ob man in einer liebevollen Geste danach greifen könnte, ob sie das überhaupt wollte, wenn sie sich doch so nicht vollständig fühlt. Es ist ein raues Gefühl auf der Narbe, als wäre die Wunde nie richtig geheilt. Ich taste mit meinem Zeigefinger die Nähte entlang, und sie regt sich nicht, für ein paar Sekunden bloß, bis sie ihre Hand wegzieht und verschämt in der Tasche ihres Kleides verschwinden lässt.

Sie sagt, ihr Mann habe Zärtlichkeit im Umgang mit den verkrüppelten Fingern entwickelt, und das wolle sie von niemand anderem. Ich entschuldige mich bei ihr, ich habe ihr nicht zu nahe treten wollen, und sie entgegnet schnell und hastig, nein, das ist es nicht, es ist nicht die

Nähe der anderen, auch nicht meine, die sie ablehnt, es ist seine Genugtuung in dieser Zärtlichkeit. Er habe sie damals mit fortgenommen aus der Stadt und ihr ein neues Leben versprochen. Ohne diesen Sturz wäre ihm das nicht geglückt. Er, den sie anderen gegenüber schamlos als ihren Gatten ausweist, sehe dankbar auf ihre kaputte Hand, male sich seine eigene Einsamkeit aus, wäre der Finger noch da und mit ihm der Mensch, der sie früher gewesen war.

Ein Teil von ihr, zu dem sie zuvor niemandem Zugang gewährte, sei bei diesem Unfall aufgerissen und bloßgestellt worden. Sie könne sich zieren und dem Leben verwehren und endlose Tage am Fenster sitzend verbringen. Sicher wäre auch das eine Tür, die ihm verschlossen bliebe, aber diese Verlorenheit interessiert nicht. Er habe sie zu wenig gekannt, er kenne sie noch immer nicht gut genug, um zu wissen, dass es nur bestimmte Dinge gebe, mit denen man eine Welt füllen könne. Was er sicherlich wisse, ist, dass er in diese endlosen Tage vor dem Fenster nicht eindringen will. Er ist kein scharfsinniger Mensch, aber auch nicht dumm. Er spürt, dass ich ihm mit allem, was ihm gefällt und geheuer ist, gehöre, deshalb ist er zärtlich mit mir. Er hat mich mitgenommen damals, er hat mich nur bekommen, weil ich diesen Finger verloren habe. Immer wieder denke ich daran, wie mein Pech zu seinem Glück geführt hat. Natürlich ist er zärtlich.

Sie holt ihre Hand zurück aus der Tasche und streckt den kleinen Finger aus. Sieh, sagt sie leise, er ist perfekt.

Er ist vollkommen nutzlos, aber perfekt. Er ist wie die anderen stecken geblieben und gebrochen, und obwohl er so zerbrechlich scheint, hat es ihm nicht das Geringste ausgemacht.

Ich strecke meine Hand aus und fasse ihn zwischen meinen Zeigefinger und Daumen, fahre auf und ab und vergewissere mich, dass er tatsächlich perfekt ist. Sein Nagel ist länger als die der anderen, er ist filigran und von feiner Haut überzogen, ich denke, er würde sich gut machen an der Hand einer Pianistin; denn obwohl es ein perfekter kleiner Finger ist, zu ihr passt er nicht. Sie geht zu gebückt für einen stolzen Künstler, und ihr Körper wirkt nicht, als sei er einem Publikum zugeneigt. Etwas Gemächliches, doch Härteres zeichnet ihre Gliedmaßen, sie ist ohne falsche Scheu in sich gekehrt.

Sie entzieht sich meiner Begutachtung schließlich mit einem Lächeln und wendet sich der braunen Holzkiste hinter mir zu. Der Geruch alter Gegenstände vermischt sich mit dem Geruch dieses imitierten Dachbodens, der das Alte bloß vortäuscht und nicht einfangen kann. Fast unversöhnlich sind sie miteinander, und wir, sie und ich und neunzehn Finger, die in die Leere greifen, stehen dazwischen und lassen ihr Ringen geschehen.

Ich fühle mich dazu hingezogen, ihr zu sagen, sie sei schön, aber sage doch nichts. Ich kann nicht mit Bestimmtheit sagen, dass sie mir gefällt, es ist dieses Zusammenspiel von Licht und Raum und der Idee, wir sehen einander in dieser Komposition von Umgebung, wie uns sonst keiner sieht; das würde es doch sehr einfach machen, sich auf einen Schlag zu verlieben. Obwohl dies bedeuten könnte, dass wir einander gar nicht kennen und jeden weiteren Schritt unterlassen sollten, so sind wir uns doch in einer Art nahe, die ich so noch nicht erlebt habe. In jeder Sekunde, da sich dieser Zauber weiterzieht, wird meine Angst vor seiner Flucht größer.

Sie greift in die Holzkiste und zieht einen Knäuel Goldketten heraus. Sie sagt, ich dürfe alles behalten, was ich finde, und fände ich nichts, was der Halskette meiner Großmutter nahe komme, so schicke sie ihren Mann an, in der Stadt eine solche herstellen zu lassen, ich könne auch etwas mitnehmen für meine Frau, ich sage, ich habe keine, aber das wisse sie ja schon, und sie sieht mich verlegen an, natürlich wisse sie das, aber vielleicht wäre es möglich, dass ich für die Zeit auf diesem Dachboden eine habe, der ich Schmuck mitbringen möchte, nur für diese Minuten, die noch bleiben, mehr sei gar nicht nötig.

Wir versuchen den Knoten zu lösen und die Ketten zu befreien. Sie hängt die Schlaufen an ihren kleinen Finger und zieht mit der anderen Hand kleine Wirrungen auseinander. Ich öffne Verschlüsse und lockere das Geflecht, bis wir langsam eine nach der anderen aus ihrer misslichen Lage holen und vor unsere Füße bringen. Sinken sie hinab, wirken sie kalt, und schwer und hart treffen sie am Boden auf.

Ich bin versucht, die Ketten aufzuheben und sie wieder ineinander zu verheddern. Ich frage, ob sie sie angefertigt habe, und sie lacht, oh nein, das sind Geschenke, sie habe Ideen gehabt, habe sie wieder einschmelzen wollen, und dieser dumme Sturz sei ihr dazwischengekommen, dieser wirklich entsetzlich dumme Sturz, für einen Augenblick scheint sie fast die Fassung zu verlieren, aber ich helfe ihr daraus, ich sage, die mit dem sternförmigen Anhänger würde meiner Frau sicherlich gefallen, und ihre Füße festigen sich wieder auf dem Boden und sie gewinnt ihr Lächeln zurück.

Wir gehen die Ketten durch und sie erzählt mir, von wem sie geschenkt wurden, durch kleine Geschichten aus den Leben dieser Menschen. Es ist eine abstruse Ansammlung kleiner Anekdoten, Auszüge aus Existenzen, die ich ebenso kurz streife wie ihren Blick, der mir fremde Bilder sieht. Ich fange ihre Worte nicht ein. Ich lausche, hangle mich von einem Satz zum nächsten, der fast schneller vergessen wird, als er gesprochen werden kann.

Inmitten einer dieser Erzählungen stockt ihre Stimme plötzlich, und ganz unvermittelt bittet sie mich zu gehen, sie habe noch viel Ramsch und Gold, sie könne mir all das zeigen, aber ich würde wohl nichts finden, das meinen Vorstellungen entspräche. Ich solle wiederkommen und mit ihrem Mann sprechen.

Sie steht auf und läuft zum Fenster, macht es auf und streckt ihren Kopf ins Freie, offenbar nicht um weitere Worte bemüht. Ich stehe zwischen diesen Kisten, gewaltsam aus einer Szenerie gerissen und in die Leere gestellt, und brauche einige Zeit, um zu Sinnen zu finden, so verloren bin ich kurzzeitig gegangen. Ich versuche mein träumerisches Selbst aus der Annäherung zu zerren, die nun nicht mehr ist, ein Vorgang, als gälte es, einen unmittelbaren Verlust zu akzeptieren, ich verharre, die Sekunden mit mir.

Meine Füße schließlich verlassen diesen Raum, zwingen mich, nicht zurückzusehen; ich folge ihnen, folge zögerlich, ich höre das Aufsetzen meiner Sohlen, das einzige Geräusch neben meinem eigenen Atem.

Ich greife meine Jacke von der einen Kiste und gehe die Treppe hinunter zur Tür. Es ist sonderbar, wie schnell sich ein Zauber auflösen kann, die Stufen knarzen so laut, dass mich Scham befällt, Ärger über dieses Haus, das gar nicht alt ist. Es ist auf Schnee gebaut, Häuser, die auf Schnee gebaut sind, haben keine Berechtigung, alt zu werden, der Schnee schmilzt im Sommer, rinnt das Tal hinunter, er sollte dieses Haus mit sich reißen und im Bach ertränken, ich denke das so laut in meinem Kopf, dass mir später die Frage aufkommt, ob ich es vielleicht nicht laut ausgerufen habe.

Sie steht hinter mir, als ich zur Tür hinausmöchte. Sie sagt, uns seien beiden Dinge im Schnee verloren gegangen, die man nicht verlieren sollte, sie wolle nach nichts fragen und ebenso wenig solle ich das tun. Wir könnten versuchen, die uns verlorenen Dinge wiederzufinden. Wir könnten gemeinsam im Schnee spazieren, das Einsinken und Frieren ängstigt uns nicht; und wir versuchen dann zu finden.

Da fällt es mir auf, nehme ich wahr, sie ist ein Stadtmädchen, als solche finde ich sie unter all dem Geflüster der anderen wieder, dem bös gefärbten, neidenden Geflüster. Das Einsinken und Frieren ängstigt sie nicht, wohl aber hat es das einmal getan, hat sie die Dunkelheit, welche das Tal im tiefsten Winter befällt, angenagt, aufgefressen. Sie sieht sich selbst als mutig an, dieser Einöde nicht mehr länger entgegenzutreten, sondern sie anzunehmen, sie als gegeben zu betrachten.

In ihren Gehörgängen hängt noch das Gurren der Tauben. Unter ihren Füßen knirschen die Scherben, martert der Teer, sie hat all ihre Schuhe zurückgelassen, all ihre feinen, schönen, fraulichen Schuhe mit den schmalen Absätzen, die auf dem Pflasterstein diesen Singsang kreieren, klack, klack, klack, klack.

Ich sage ihr kurz, sie sei übrigens eine schäbige Lügnerin, ich möchte das unbedingt gesagt haben. Jeder wisse, dass sie nicht verheiratet seien, als Geliebte rufe man sie beide aus, und ein anderer warte noch auf sie, schicke ihr manchmal Briefe, die den neugierigen Augen des Pöstlers nicht entgehen. Es mache mir nichts aus, belogen zu werden, ich würde nie nach Wahrheit verlangen. Ich bitte sie nur Mühe aufzubringen, mich richtig zu täuschen, damit ich es auch glaube.

Sie nickt mir zu, ohne ein Lächeln, ohne eine Entschuldigung, nimmt ihren schwarzen Mantel vom Haken, und wir treten gemeinsam aus der Tür.

Zwei

Es ist gar nicht lange her. Das denke ich manchmal, wenn ich am Morgen Kaffee koche. Zwischen dem Anzünden des Herds und dem Gurgeln aus der Kanne schweift mein Blick über die Möbel und Kleider. Er bleibt an der Wand hängen, wo ich mir in diesen Momenten ein Regal voller Bücher wünsche, und ich schweife ab in die Vergangenheit, dort gab es ein solches.

Ich lebte in einer Wohnung mit großer Terrasse, ein paar Gehminuten von der Universität und dem Rhein. Sie hatte zwei Zimmer. Eines hofseitig, eines zur Straße, eine sehr belebte, laute Straße. Tagsüber verbrachte ich die Zeit zu Hause am liebsten im Zimmer gegen diese Straße. Im Sommer stand das Fenster weit offen und der Lärm drang bis zu mir in den dritten Stock hinauf. Am Schreibtisch las ich, schrieb an Arbeiten. Da trieb es mich auch hin in schlaflosen Nächten, wenn es mir zu still wurde im Schlafzimmer, wenn er nicht da war, mit dem ich dieses große Bett oft teilte.

Wir zankten uns häufig. Diese Streitigkeiten schätzten wir. Es gab vieles, das uns beschäftigte. In uns wucherten die Gedanken bis zum Ausbruch, und in dem verstanden wir einander. Das Schreien und die nachfolgenden

Tränen, das Raunen, die Erschöpfung waren wie eine Reinigung für uns beide. Es kam vor, dass er danach lange Tage fernblieb. In meiner Schlaflosigkeit dachte ich wenig über ihn nach. Reue befiel mich keine über Gesagtes. Ich wusste immer, dass er eines Abends wieder vor meiner Tür stehen würde. Manchmal war er sehr betrunken. Er stank scheußlich. Er legte sich neben mich ins Bett und schlief ein. Ich nahm ihn zu mir. Vor meiner Tür wies ich ihn nie ab.

Im Zimmer zur Straße stand das große Bücherregal. Zuunterst reihten sich die Bücher für mein Studium, weiter oben Belletristik. Ich ordnete sie alphabetisch, sammelte Editionen. Ganz oben standen die Bildbände. Ich interessierte mich für Fotografie. Einen nahm ich häufiger zur Hand als die anderen, ich sah die Bilder der Großstadt an und staunte. Das Reisen war mir eine ungeheure Sache. Ich liebte es, im Zug zu sitzen und die Landschaften und Häuser an mir vorbeiziehen zu sehen. Jedes Leben kurz zu streifen, das rechts und links der Gleise stattfand. Mir Geschichten auszudenken über die Bewohner dieser Orte, an denen es nichts zu sehen gab, die man immerzu nur passierte auf dem Weg zu einem größeren, schöneren und aufregenderen Ort. Im Zug zu rauchen und zu trinken, war mir das Allerliebste. Mit den Zigaretten und dem Bier führte es zu einem Schwatz und dann wieder zur Stille, wenn die Station meines Mitreisenden erreicht war. Ich stieg nicht aus. Ein Stehenbleiben, ein sich Zurechtfinden, das empfand ich nicht als Reise.

An Samstagen arbeitete ich auf dem Markt für einen Olivenhändler. Ich stand hinter dreißig kleinen Tontöpfen, in denen lagen sie, aus denen roch es streng, und ich pries diesen Gestank, wenn mir danach war. Im Winter brüllte ich manchmal, bloß um in Bewegung zu bleiben. Eigentlich lag mir dieses Marktgeschrei gar nicht. Mit der Zeit mochte ich auch keine Oliven mehr essen. Ich fing an, den Knoblauch beim Kochen wegzulassen. Wenn mir jemand etwas übers Marinieren erzählte, nahm ich Reißaus.

An der langen Tafel in der Küche saßen er und ich selten alleine. Wir luden Freunde ein, vornehmlich unter der Woche, wenn kein Drang in der Luft hing, unbedingt etwas erleben zu müssen. Das schlechte Gewissen dem nächsten Tag gegenüber tranken wir einfach weg. Zwischen den Gängen rauchten wir und mittendrin, auf dem Balkon und am Tisch. Das schallende Gelächter hielt die anderen Bewohner des Hauses wach. Mit dem Besen hämmerte es von der Decke herunter und dem Boden herauf. In diesen kurzen Nächten schlief ich ganz tief.

Wenn ich an diese Zeit zurückdenke, empfinde ich Mitleid für das Mädchen, das ich damals war. Die Vergänglichkeit hat ihr Angst gemacht. Stück für Stück ersetzen Kinder die Gaben ihrer Eltern, die Kleider, Schuhe, das Mobiliar, bis irgendwann nur noch eine Handvoll Erinnerungsstücke übrig sind. Dass all die anderen Dinge dann nicht mehr sind, darüber hat sie oft nachgedacht. Diesen

Gedanken ist sie fast nicht mehr losgeworden. Wie ein Geist hat er sie überallhin verfolgt.

In manchen Nächten ist sie neben ihm aufgeschreckt. Wenn sie dann auf die Dinge um sich geblickt hat, kam es ihr wie eine Heuchelei vor, sie zu besitzen. Sie hat sich geschämt. Sie hat mit gar nichts leben wollen. Sie hat gemerkt, wie die Bücher, Kleider, Möbel und der Krimskrams von Mal zu Mal bedeutungsloser geworden sind. Mit jedem bösen Traum ein wenig mehr. Sie ist vor ihnen in die Knie gegangen und hat gewartet, bis sie irgendwann gar keinen Wert mehr hatten.

Neben ihm, in seinen tröstenden Armen, an seinen zurückgelassenen Kleidern schnuppernd, hat sie das vergessen. Sie hat an seinen Lippen gehangen. An manchen Tagen hat sie jedes seiner Worte auf die Waagschale gelegt. An anderen hat sie bedingungslos alles angenommen.

Es grämt mich noch. Ich habe an etwas geglaubt. In den richtigen Momenten habe ich geschwiegen. Das hat Leben bewahrt. Ich wäre dumm gewesen zu reden. Auf dem beharre ich.

Die Klingel mit meinem eingravierten Namen fehlt mir nicht. Dieses versiegelte, glänzende Fischgratparkett, die alten Fenster mit dem Messinggriff, Abendsonne auf der Terrasse, das waren alles wunderschöne Dinge, aber ich traure ihnen nicht nach.

Ich habe geglaubt, dass die Wahrheit wichtig ist. Ich habe sie, nachdem er gegangen ist, hervorgeholt und wüten lassen.

An einem Tag ist das letzte Stück zurückgegeben worden. Ich habe meinen Wohnungsschlüssel dem Nachmieter überreicht. Ich bin in meinem neuen Zuhause angekommen und war vom ersten Moment an stolz auf diesen leeren Raum. Er gehörte ganz mir.

Es grämt mich noch. Ich war zu spät mit dieser Wahrheit. Nur mich selbst kann ich noch mit ihr konfrontieren. Die Welt vor dieser Tür berührt sie nicht mehr. Ich habe niemanden aufhorchen lassen. Auch in den falschen Momenten habe ich geschwiegen. Dieses Schweigen ist wie die undurchdrungene Stille. Es ist zu laut.

Eine Stadt am Rhein, Uraufführung einer Sonate für neunzehn Finger, die beiden Spieler mit durchgestreckten Rücken auf einer morschen Holzbank, der Komponist wachsam und mit achtlos gebundener Fliege in der ersten Reihe, Spätsommer/Herbst 1960:

Etwas gibt es über sie zu erzählen, eine kurze Geschichte dieser Zeit. Sie handelt von den beiden Männern in ihrem Leben, die vor mir waren. Ich möchte nun nicht, dass es falsch verstanden wird, wenn ich sage, dass sie sich allen, einschließlich mir, nur aufgrund eines Versprechens hingab. Ich gehe davon aus, dass ein Versprechen die Grundlage jeder Liebe ist.

Wir lebten damals beide in derselben Stadt, ohne einander zu kennen. Es ist möglich, dass wir uns begegneten, in der Straßenbahn, in Restaurants, in flüchtigen Blicken; ich möchte ehrlich sein, daran könnte ich mich nicht erinnern. Unsere Wege führten uns erst später zusammen, in jenem gottverlassenen Dorf, an das ich erst meine Kindheit und dann schließlich meine Mutter verlor.

Sie war verheiratet. Dem Haus, in dem sie mit ihrem Mann lebte und arbeitete, stand ein anderes Haus gegenüber, das um ein paar Stockwerke höher in den Himmel ragte. Die Geschichte beginnt im August an einem Dienstag, mitten in der Schwüle.

In dieser Sommernacht lag sie neben ihrem Mann und sie hat verflucht, nicht atmen, nicht schlafen zu können, sie ist für Sekunden bloß in Träume abgedriftet, die in der flirrenden Hitze leer und ohne Farbe blieben. Er, dessen Versprechen sie später aus der Stadt führte, hat von der anderen Straßenseite aus zugeschaut, zum ersten Mal zugeschaut bei ihrem Versuch zu entrinnen, als seien sie einander ausgeliefert, er stellte sich die Berührungen vor, die er vollzogen hätte, und driftete in dieser Nacht in ein endloses Traumgespinst, das ganz von ihr beherrscht war.

Wenn er die dunkle Werkstatt einmal im Monat aufsuchte, in der der Vater und die Tochter am Goldschmuck arbeiteten, und dort sein Geld abholte, begrüßte sie ihn manchmal, saß von ihrem Vater unentdeckt im Ecken vor dem Fenster und rauchte filterlose Zigaretten. Sie horchte, wie ihr Mann im Stockwerk weiter oben über ihrem Kopf hin und her lief; er war Buchhalter und mit Vorliebe ordnete er alles durch, was er in die Finger bekam, sogar die Stifte nach Größe und die Bücher alphabetisch und nach Beschaffenheit.

Er selbst stand im Türrahmen meist, weiter wurde er nicht vorgelassen, die eine Hand in der Jackentasche, die andere führte er zum Stumpen, der den ganzen Raum in dichten Dunst hüllte. Der Vater und seine Tochter waren wortkarge, bleiche Gestalten und selten um ein Lächeln bemüht. Er schätzte sie für diese ehrliche Missbilligung gegenüber anderen Menschen, so konnte auch er sich falscher Höflichkeit entziehen. Sie redeten in abgehackten

Sätzen miteinander, durch Blicke kommunizierten sie an ihren Maschinen, am Lärm und der Gepflogenheit vorbei.

Er glaubte, die Blicke der Frau suchten ihn. Die Welt hinter diesem Türrahmen verfolgte ihn alleine aufgrund dieser Annahme bis in den Schlaf hinein.

Wurde es zu viel der Bilder, befiel ihn auch Ärger über die fehlende Dankbarkeit, über die Arroganz dieser drei Menschen, die davon ausgingen, dass ihre Art zu leben ein Grundrecht war.

Er hatte das Geschäft gegenüber von seiner Wohnung entdeckt, als ein Schild im Fenster es zum Verkauf anpries. Zuvor hatte er die abgeblätterte Schrift über dem schmutzigen Fenster keines Blickes gewürdigt und auch die Tür nicht, deren goldener Knauf mit seinen Verzierungen in der ganzen Stadt einzigartig war.

Er lernte den Vater kennen und dessen Tochter, die bei ihm in die Lehre ging. Er bot den beiden an, bleiben zu dürfen, erlaubte es schließlich gar dem Schwiegersohn, der nutzlos in seinem Büro Gegenstände ordnete und alle paar Tage einen Anruf entgegennahm.

Von nun an würden sie unter seinem Namen arbeiten und jeden Monat eine gewisse Summe an ihn zahlen, bis das Geschäft abbezahlt war und wieder ihnen gehörte.

Es kam ihm damals gar nicht in den Sinn, dass es eines Tages etwas anderes als Sittenverfall bedeuten könnte, eine verheiratete Frau zu entführen, deshalb bewundere ich ihn, auch wenn sie von ihm als einem Dummkopf spricht und das nicht ohne Grund. Er hat diese Zeit und deren Moral als etwas immer Fortwährendes genommen. Was zu einer anderen Zeit sein Zuhause gewesen war, nahm er mit an einen anderen Ort und hin zu einer anderen Zeit; aber für ihn blieb es dasselbe. Er nahm sie mit im Wissen, dass die Gesellschaft beide ausschließen würde, und dachte nicht, dass man ihnen eines Tages vergeben könnte; diese Hoffnung war ihm ganz und gar fremd. Wie erstaunlich, in einer Welt der geheimen Feiglinge, dass er seine Hand trotzdem ausgestreckt hat, und alleine deshalb, manchmal überfällt mich dieser Gedanke wie ein ungewollter Gast, hätte sie bei ihm bleiben müssen.

Er sah ihnen beiden zu in einer Nacht, er sah die zwei kunstvoll geschwungenen Gläser auf dem Fensterbrett und starrte, wie sich der Wein langsam verflüchtigte. Sie trug ihr Haar kürzer als am Vortag.

Er sah ihr nun in vielen Sommernächten dabei zu, wie sie sich vor dem Fenster entkleidete, er war immer davon ausgegangen, auch sie betrachte ihn heimlich in seinem Dunkel, da warf sie ihm einen Blick zu, in diesem Moment, er war sich sicher. Eine Hand umfasste von hinten ihre linke Brust, sie war um einiges größer als die rechte und eigenartig spitz. Sie neigte ihren Kopf leicht, um sich in den Nacken küssen zu lassen, aber ihren Blick wandte sie nicht von der Straße ab und die Lider gehorchten keiner gespielten Lust.

Sie hob ihre rechte Hand und legte sie auf die Fensterscheibe, er sah den Fingern dabei zu, wie sie zuckten, elektrisiert, von winzigen Stromstößen getrieben. Er würde sich an diesen sonderbaren Tanz erinnern, hinter dem das Lustspiel zwischen einem beliebigen Mann und seiner unfreiwilligen Liebhaberin vor sich ging, sie wand sich von einer anderen Kraft getrieben als er. Zu ihm hin und von ihm weg und lautlos erzählten ihm die zuckenden Finger eine Geschichte, die in seiner Fantasie teuflische Ausmaße annahm.

Dann, nach einer dieser Nächte, verschwand sie unvermittelt aus dem Leben ihres heimlichen Beobachters, und mit ihrem Abgang begann zu wanken, was er als allgemeingültig geglaubt hatte. Dass ein Mensch ohne Weiteres von der Außenwelt verschluckt werden konnte, ohne Vorwarnung, ohne Klang, das wollte er nicht begreifen. Als Mensch, der mit Gleichnissen arbeitete und seine Grundsätze daran festmachte, fühlte er sich an einem ganz verletzlichen Punkt getroffen. Ihre erste Annäherung war ungemein still gewesen und dieses abrupte Ende hätte ihnen nicht zuteilwerden dürfen. Es war Betrug, ihn ihrer Anwesenheit zu berauben, die nicht weniger zu seinem Leben gehört hatte als alles andere, auf dem die Erträglichkeit eines Alltags fußte.

Er besuchte den Vater, der gedankenverloren an ihrem Platz saß und ihrer statt filterlose Zigaretten rauchte. Der Vater sagte nichts, als nach ihr gefragt wurde. Am Abend dieses Besuchs hingen Vorhänge an ihrem Fenster und es schien ihm, als dränge ein kühler Wind durch die Straßen, als sei etwas ungemein Karges eingekehrt, das auch der späte Sommer nicht bekämpfen konnte.

Kurze Zeit noch schnauften die Kellner schwer unter ihren dicken Hemden, er selbst genehmigte sich ein letztes Bier in der flirrenden Hitze. Heerscharen an liebestollen Burschen trieb es über die Straße, sie schwappten über die Gehsteige und zwischen hupenden Autos hindurch. Die hochtoupierten Haare der wenigen farbigen Punkte unter ihnen, der in Zeitlupe vorwärtsschreitenden Mädchen, glänzten in der Sonne, es glänzten die ersten Schweißtropfen unter ihren Augenbrauen und auch der Lack auf ihren Nägeln. Sie sahen einander gar nicht an.

Dann kam es so unverhofft, dass die ersten Blätter sich gelb färbten, rot und rostbraun, dass der kühle Wind rauer wurde und ihm das Laub um die Ohren trieb. Ihm fiel es ein, als ihm im Moment zuvor aufgefallen war, dass sich die Baumkronen unaufhaltsam lichteten, noch immer war sie fort und es war möglich, dass sie tatsächlich nicht wiederkehrte. Ihn befiel eine Kälte wie in winterlichem Frost. Lange Tage saß er mit ausgestreckten Handflächen vor seiner Holzheizung, obwohl die Sonne noch manchen seines Mantels entledigte. Er saß da und sah seinen Fingern zu, und bestimmt wussten seine Finger nicht so zu tanzen und zu erzählen, und bei diesem Gedanken wurde ihm noch viel kälter, er fing an zu zittern, einen ganzen Herbst lang zitterte er.

Im November schon fiel der Schnee, vollkommen lautlos einverleibte er sich die Stadt mit ihren Giebeldächern, er fraß den Taubendreck und die Fahrräder. Jetzt, da sie lange schon weg war und sich auch andere Gedanken wieder in sein Bewusstsein drängten, träumte er hellwach von seinem alten Haus. Er ging mit offenen Augen über die Gehsteige, plötzlich sah er das Wohnzimmer, die Risse in der Decke, er hörte sich selbst über das knarzige Parkett laufen und erschrak noch einmal über die geisterhaften Überbleibsel früherer Bewohner.

Erstaunlich, dachte er, und seine Mundwinkel zuckten in einer Verbitterung, die er selbst in diesem Moment nicht zu empfinden fähig war; erstaunlich, was von einem Menschen verloren ging, wenn sein Besitz unter loderndem Feuer zerfiel. Seine ganzen Schallplatten waren zu einem einzigen tiefschwarzen und grässlich stinkenden Klumpen geschmolzen. Er hatte Buchseiten gefunden, beinah unbeschädigt, winzige Ausschnitte aus großen Werken, mit denen nichts mehr anzufangen war, die anzusehen allein ihn mit einer schlimmen Migräne ins Bett zwangen. Die Familienporträts, die Bilder seines Onkels, die Kleider seiner verstorbenen Frau und ihre halbvollen Parfümfläschchen, der pechschwarze Konzertflügel, seine altersschwache Katze mit der verkrüppelten Hinterpfote, alles vom Feuer getilgt, fort.

Lange Zeit nahm er sich danach als gesichtsloses Wesen wahr. Es bedurfte ihn einiger Anstrengungen und der Überwindung großen Widerwillens, sich seinen Mitmenschen mit vollem Namen vorzustellen. Es gab Tage, da gelang ihm der Abschied, da erfand er sich selbst als anderen, vielleicht besseren Menschen. Bis zu dem Tag, da ihn sein eigenes Spiegelbild anwiderte, da er händeringend versuchte, die Zeit zu überlisten und zurückzukehren.

Er tätigte einen Anruf. Der Frau am anderen Ende der Leitung sagte er: Ich möchte mein Haus zurück, lassen Sie es noch einmal bauen. Irgendwo, wo ich es nicht jeden Tag sehen muss, ich will nur wissen, dass es wieder da ist.

Ihn befiel eine Melancholie, noch immer, über die toten Monate und Jahre danach, über die Zeit, in der beinah kein einziges Wort gesprochen worden war. Nicht ob des Entsetzens, seine eigene Identität zu verlieren, nein; dieses Verlorensein hatte ihm auf sonderbare Art behagt. Er wartete darauf, zurückkehren zu dürfen, in ein Haus, in dem nur die perfekten Erinnerungen eines perfekten Lebens hingen, die keine Trauer mit sich trugen und keinen Zwang.

Je mehr ihn nun solche lebhaften Erinnerungen befielen, desto stärker bat eine andere Gewissheit um Einlass. Er tauschte die Bilder untereinander aus, er versuchte sie zu einem Ganzen zu fügen, um dann alles zu vergessen, in einem einzigen Moment; ein dummer Irrglaube, der ihn in seinem Leben noch ein paar Mal befallen sollte.

Er gab sich schließlich dieser Gewissheit hin, er zog im Schnee seine Handschuhe aus und beschloss, das Zittern habe ein Ende. Sie würde nicht wiederkehren; die Frau mit den tanzenden Fingern war fort.

Hinter den Vorhängen doch, da zeichnete sich eine Silhouette ab, ein zarter Frauenkörper mit wuchtigem Becken; stand sie der Tür zugewandt, war ihre Brust groß und eigenartig spitz, stand sie mit Blick gegen die Wand, war die Brust gerade eine Handvoll und vollkommen rund.

*

Er wartete einen Moment, ehe er aus dem Wagen stieg, hielt die Hände weiter am Steuerrad und fragte sie, ohne ihr seinen Blick zuzuwenden, wiederholt nach einem Zweifel, den sie verneinte zu empfinden.

Schließlich griff er nach dem Brief auf ihrem Schoß, er stieß die Tür auf und schlug sie, dem Fenster des Geschäfts nun zugewandt, geräuschvoll wieder zu.

Er sah dem Vater und dessen Schwiegersohn zu, wie sie konspirativ am Platz der Frau in seinem Wagen standen und deren letzte Zigaretten rauchten. Er hatte sie noch nie gemeinsam in einem Raum gesehen. Er war erstaunt darüber, dass sie sich tatsächlich sehr ähnlich waren, was Haare, Gestik und Sprache anbelangte, als hätten sie in all den Jahren des Kennens nichts anderes getan, als sich einander anzugleichen.

Er trat ein. Ganz bewusst setzte er seinen linken Fuß über die Schwelle, die er über all die Jahre als ein für ihn geltendes Tabu anerkannt hatte. Er nahm wahr, dass die Werkstatt heller war, als er geglaubt hatte. Die Gesichtszüge des Vaters waren hart, eingeritzt von der Zeit, die seine Jugendlichkeit nicht mehr hergeben würde. Sie hielten beide inne, just als sie an der Zigarette gezogen hatten, und der Rauch drang hastig als dichter Qualm zurück aus ihren Mündern und Nasen. Dass er ihnen so unvermittelt gegenüberstand, konnte viel nicht bedeuten. Keine Zeit war vergangen, in der Entscheidungen sich anbahnen konnten. Den Sommer hatte sie ruhelos neben ihrem Mann verbracht, in dessen Augen nun zu lesen war, dass er sein unmittelbar bevorstehendes Alleinsein ahnte. Im Herbst hatte sie die Schlaflosigkeit die Treppe heruntergestürzt und im frühen Novemberschnee war ihr der Finger genommen worden. Zwischen diesem Tag und ihrer Flucht lagen drei kurze Wochen. Von den Bekannten und Nachbarn wurde diese Flucht später als vollkommen überstürzt abgehandelt, als eine schlichte Verzweiflungstat, was der Wahrheit durchaus nahe kam.

Der Vater und sein Schwiegersohn verfielen in eine kurze Starre, ertappt in Tat und Verleugnung, und bevor sie die Kontrolle über ihren Körper wiedererlangten, wurde ihnen ein Brief vor die Füße geworfen. Es war ihnen frei zu deuten, warum auf vergilbtes Papier geschrieben worden war und ihn kein Umschlag davor schützte, von jedermann gelesen zu werden.

Es bedurfte keiner Notlügen. Wem ein Finger genommen wird, darf die Zartheit ruhigen Gewissens ablegen.

Drei

In der Morgendämmerung schmerzten mir die Glieder von meiner Regungslosigkeit. Unfähig zu schlafen, ging ich ins Badezimmer, streifte meine Kleider ab und setzte mich in die Wanne. Ich füllte die Kuhle meiner Hände mit eiskaltem Wasser, in das ich mein Gesicht tauchte.

Zögerlich nur wusch ich mir den Suff vom Körper. Ein feiner Film lag auf meiner Haut, der von letzten Berührungen zeugte und den ich nicht abzutragen wagte. Mit dem Waschlappen fuhr ich mir unter den Achseln durch, an den Armen und Beinen entlang. Ich ließ den Nacken und die Scham aus und auch meine Zehenspitzen, auf die er mich nach Beendigung eines Liebesspiels zu küssen pflegte.

Das Grau des Himmels tauchte die Wohnung in fahles Licht. Jeder Gegenstand und jede Unordnung hatte einen eigenen Platz. Dass wir einander liebten, spiegelte sich in der Willkürlichkeit wieder, wie seine Sachen verstreut zwischen meinen lagen. Von seinem häufigen und überstürzten Weggehen erzählten die aufgeschlagenen Bücher und Zeitschriften. Wir zankten uns meist aus dem Nichts heraus, warfen wütend von uns, was wir zuvor in den Händen gehalten hatten, und gingen mit lauter Stimme und aufgebäumten Körpern aufeinander los. Zwangsläufig verließ er während eines Streits die Wohnung, wenn die Stimmen leiser geworden waren und sich ein bösartiger Unterton in das Gesagte einschlich. In einem letzten kraftvollen Akt schlug er die Tür hinter sich zu und eilte die Treppe hinunter ins Freie.

Ich sah ihm dann vom Fenster aus zu, wie er draußen nach Atem rang. Er stützte die Handballen auf seine Knie und streckte den Kopf gen Himmel. Mit offenem Mund sog er gierig Luft in seine Lungen. Der Anblick seines erschöpften Körpers nahm mir jede vorauseilende Reue über meine Härte ihm gegenüber. In solchen Momenten wirkte er lebendiger als sonst, und die Gleichgültigkeit den Dingen gegenüber, welche seinen Umgang mit mir prägte, konnte ich kaum mehr ausmachen.

Ich empfand stets einen gewissen Stolz, wenn ich nach einem Streit alleine zurückblieb und diese Beobachtung vollzog.

Die Wohnung war auf die ständige Anwesenheit anderer Menschen ausgerichtet. Für mich allein war von allem zu viel da: Gläser, Teller und Tassen in den Schränken, überall Stühle und Sitzgelegenheiten, halb leere Weinflaschen auf dem Tisch und auf jedem Fensterbrett ein Aschenbecher.

Ich konnte mich zu keiner Stärke durchringen, als er sich für seinen Abschied ankündigte. Sein Klopfen an der Tür schreckte mich aus allen vergangenen Bildern, zu denen ich mich zurückgezogen hatte, und warf mich ruckartig ins Jetzt.

Er räumte seine Kleider vom Boden und die Schuhe aus dem Regal, holte die Zahnbürste und den Rasierer aus dem Badezimmer und sah mich dabei nicht an, gab auf keine meiner Fragen eine Antwort. Nur einen kurzen Blick warf er mir zu, ehe er ging, er streckte die linke Hand aus und fuhr mir mit dem Zeigefinger über die Wange. Diese Geste ließ mich rasend zurück. Wie auch sein endgültiges Weggehen konnte ich sie nirgendwo einordnen. Seine Unfähigkeit, mit mir zu sprechen oder mich zu berühren, ließ alle mir zuvor entgegengebrachte Zärtlichkeit und Zuneigung zum Hohn werden.

Ich schrie und tobte unter seinen Fußtritten, die sich von mir wegbewegten. Er machte nicht halt vor meinem Fenster. Schnellen Schrittes bewegte er sich von mir weg, und ich rief weiter nach ihm, als er lange schon gegangen war.

Das Entfernen seiner Besitztümer riss Lücken in den Raum, die sich unter seiner fortwährenden Abwesenheit weiteten. Nichts schien mir mehr an seinem natürlichen Platz.

Eine Traurigkeit kam und ging. Sie überwältigte mich bei jedem Hereinbrechen. Es geriet durcheinander, was ich in unserer gemeinsamen Zeit geordnet hatte. Das Chaos, welches sich in Zweisamkeit gut kaschieren lässt, zeigte mir nun sein Gesicht. Es saugte meinen Widerwillen den Dingen gegenüber auf, den ich zu empfinden an der Seite meines Liebsten nicht zugelassen hatte.

Ich fand keinen Rückzugsort. Das Gelächter der Leute irritierte mich, ihre offenkundigen Gesten der Zuneigung, aber auch ihr Innehalten, ihr erkennbares Unglück. Ich eilte aus Gesprächsrunden davon und vom Einkaufen in meine Wohnung, wo mich die Stille plagte. Ich fand auch mit ihr keinen Umgang. Sie wirkte in Anbetracht all der Stimmen, die zuvor die Räume gefüllt hatten, wie ein Fingerzeig auf mich; unaufhörlich wies sie auf meine Dummheit hin, mit der ich die nun vergangene Zeit als mir sicher geglaubt hatte.

Ich ließ mir Zeit, die Wohnung zu verlassen. Ich hängte Bilder von der Wand, verrückte Möbel und kaufte Pflanzen für den Balkon. Ich richtete alles so ein, dass etwas Neues Platz finden durfte, ehe ich ging.

Dazwischen lag ein Leerraum. Ich scharte Fremde und entfernte Bekanntschaften um mich, denen gegenüber ich ein anderes Leben für mich entwarf. Ruhig und besonnen, wie ich mich gab, sprachen sie mir ein nachdenkliches Wesen zu, dessen Humor sich in einem Schmunzeln zeigte oder feiner Ironie. Ihr Umgang mit mir unterschied sich markant von dem meiner Freunde, die hinter meiner ausgelassenen Art stets einen Abgrund witterten.

Als dieses Bedürfnis nach einer anderen Identität nicht mehr da war, verbrachte ich die meiste Zeit alleine. Ich wollte keinem nahe sein, den ich kannte, und nichts mehr darüber erfinden, wer ich war. Meine Nächsten traf eine ungeahnte Härte.

Ich versuchte das Glück denen zu nehmen, die es auf der Untergrabung von Tatsachen gründeten. Ich offenbarte jedes mir anvertraute Geheimnis über Betrug und Lüge. Das Spiel mit der Loyalität übte eine unverschämte Anziehungskraft aus. Mit jedem Geständnis glaubte ich eine weitere Umwälzung in Gang gesetzt zu haben. Die Menschen in ihrem Schock und ihrer Entrüstung zu sehen, ließ mich davon ausgehen, dass eine große Veränderung unmittelbar bevorstand.

Natürlich, der Verrat fiel auf mich zurück. Ich nahm die darauf folgende Ausgrenzung klaglos hin. Kurze Zeit noch kam ich dazu, das Weiterspinnen der Lügen beobachten zu dürfen. Ich sah es wie ein sorgfältig inszeniertes Stück, eine Satire, nichts von Bedeutung.

Die Traurigkeit flocht ich in meinen Alltag ein. Ohne sie zu dressieren zu versuchen, war ein Leben mit ihr leicht und frei.

Ein Haus auf Schnee gebaut, das sich unverdient Erinnerungen angeeignet hat, bewohnt von zwei lautlosen Überlebenden eines Winters ohne Sonnentage, Mai 1961:

Es war das seltsamste Leben, das sie je gekannt hatte, das erste andere Leben als jenes mit dem Vater und ihrem Mann, der ihr seit frühester Kindheit ein bekanntes Gesicht gewesen war.

Sie wachte mitten in der Nacht auf und fand sich in einer Stille wieder, die ihr mit jedem durchbrechenden Zirpen den Schlaf raubte. Von weiter weg knarzten die alten Häuser und Türen knallten im Wind, und obwohl keine Stimmen vordrangen, klangen diese Orte ungemein belebt; nur nicht von Menschen. So plötzlich, schien es ihr, dass der Welt ihr Geruch abhandengekommen war. Als hätte sie ihn konserviert und mit sich gebracht, erinnerte sie sich daran, wie der Rhein gerochen hatte, die überquellenden Gehsteige an Samstagabenden, die Keifereien zwischen Straßenbahnen, Autos und Drahteseln. Für Sekundenbruchteile lag ihr der Gestank der Kanalisation in den Nasenlöchern, der unerwartete Geruch von Holunderbüschen, die im Frühling am Rheinufer sprossen und gegen die späten Ausdünstungen durchzechter Nächte ankämpften.

In der Stille, in der Abwesenheit all dieser Gerüche, war sie nicht mehr länger der Beobachter alltäglichen

Treibens. Sie realisierte, dass es einfach war, von der Stadt verschluckt zu werden und den Gesichtern zu entgehen, die sich im Winter nicht vom Boden abwendeten. Es bedeutete ein Stück Freiheit, unter all den Stimmen verschwinden zu dürfen; sich von Gelächter und Geschrei abzuwenden und doch unter seinem einlullenden Singsang abzudriften. Teil einer Lautlosigkeit zu sein hingegen, war eine beängstigende Erfahrung.

In immer gleich ereignislosen Tagen zu leben, die den Rückzug in hektisches Treiben nicht erlaubten, erweckte eine Lethargie in ihr, ein Absterben vieler Gefühle, die Trauer hätten hervorrufen können. Etwas in ihr wusste, dass diese Trauer nicht mehr aufgehört hätte. Und so gab sie sich keiner Reue hin und keinem Vorhaben, die Umstände zu ändern. Sie entschied sich zu einem halben Leben, weil es ihr besser schien als die Bruchstücke ihres alten, ungeliebt gewordenen und bewusst zurückgelassenen, das so gesehen nun gar keines mehr war.

*

Sie sah ihren Mann ein letztes Mal. In aller Deutlichkeit wurde ihr in diesem Moment klar, dass es ein Leben ohne ihn nie gegeben hatte. Schon als kleines Mädchen hatte sie ihn gekannt, zerbrechlich neben seiner Statur, wie sie es noch immer war; früher pflegten sie ein Spiel daraus zu machen, er wirbelte sie in Monaten der Verliebtheit durch die Luft und begrub sie dann unter seinem Mantel.

Einmal brachte er ihr Blumen, es war ihr sechzehnter Geburtstag, und später am Abend liebten sie sich. Winzig lag sie da, verschwand unter Laken und Küssen; sie erinnerte sich daran mit einem Schmunzeln, zurückgeholt in jenen magischen Moment, der einen Heranwachsenden zum ersten Mal mit den Möglichkeiten des Begehrens konfrontiert.

Wie es mit den Menschen ist, die ein ganzes Leben anwesend sind, stellte auch sie ihn erst spät infrage, erst im Wagen ihres Liebhabers, schon bereit zu gehen.

Sie presste die Fingerkuppen ihrer unvollständigen Hand gegen die Scheibe, verdeckte seinen auf Distanz so winzigen Kopf, seine winzigen Hände, verdeckte seine ganze winzige Gestalt, bis sie neben ihrem Ringfinger wieder hervorlugte. Er stand an ihrem Platz, stand am Fenster und rauchte ihre Zigaretten, die weißen, dicken ohne Filter, von deren Rauch er zu sagen gepflegt hatte, er mache ihn krank.

Auch er beging einen Abschied, ihm wohl entsprechend und der gegebenen Umstände würdig. Sie saß im Wagen ihres Liebhabers, bereit zu einer unverzeihbaren Schandtat, und starrte ihn an, und er sah sie nicht einmal; er verschlang das letzte Stück von ihr, die letzte körperliche Annäherung in Form einer gerauchten Zigarette, was sie als liebevoll empfand, sie beinah rührte.

Er hatte es gewusst, beim Anblick all ihrer Schuhe, geputzt und gewachst, bevor sie aus der Tür gegangen war; früh, lange bevor die Stadt erwacht, hat sie sich an seinem tiefen Schlaf und den zuckenden Augenlidern vorbeigestohlen, eilend und ohne zurückzuschauen. Diese schmalen, weichen Schuhe, die anzufassen ihm ein solches Vergnügen bereitete und deren Singsang auf dem Pflasterstein sein Ohr, klack, klack, klack, klack, in seinem Leben nicht mehr verließe. Da standen sie aufgereiht im Gang unter dem großen Goldspiegel und nicht wie sonst ineinandergesteckt im Schrank, als wolle sie ihn ein letztes Mal darauf hinweisen, an seiner Seite gewesen zu sein und nicht bloß begraben unter seinem wehenden Mantel, seinen Küssen und seinem tiefen Schlaf.

Sie stellte ihre Tasche an der Tür des Liebhabers ab, die nur leicht angelehnt auf ihr Kommen ausgerichtet war. Er saß im Sessel, sah sie lange an, wie sie vor ihm stand, ihre Stirn in tiefe Falten gelegt, die Hände nach seinen ausgestreckt. Schließlich beugte er sich leicht vor, zog sie zu sich und hielt sie wie ein Kind auf seinem Schoß fest umschlossen. Beide fingen an zu lachen, ausgelassen und gleichsam nervös, pressten die Handflächen an den Rücken des jeweils anderen und spürten dessen Stimme und Atem, verharrten so, bis sich ihr Herzschlag beruhigt hatte und sie bereit waren zu gehen.

Lange fuhren sie dann in seinem Wagen um die Stadt. Der Brief für ihren Mann lag in ihrer kaputten Hand, bis zum Mittag sagte sie jedes Mal, da der Wagen hielt, sie möchte nicht, könne nicht, sie fürchte mehr noch als ein Aufbegehren, dass man sie einfach so gehen ließe, bis er schließlich einwilligte, es für sie zu tun.

Ihr fiel nun auf, dass beide alt waren, der Mann genauso wie der Vater; in diesem Licht, das durchaus Geheimnisse mit sich zu tragen fähig war. Die Zeichen ihrer zugebrachten Lebensjahre stachen ihr ins Auge. Die grauen, lichten Haare ihres Vaters, der just in diesem Moment erschrak und den Rauch seiner Zigarette auszuspeien versuchte, als fühle er sich von ihrem Blick ertappt. Die Ringe unter den Augen ihres Mannes, seinen oft zornigen Augen, hinter denen sich ein Mensch verbarg, der sich ihr nicht offenbart hatte. Über diesen Ringen ein Kranz von Krähenfüßen, eine Müdigkeit, die das ganze Gesicht einnahm.

Auch er, der für sie gekommen war und sie aus der Stadt bringen würde, war nicht mehr jung. Ihr Blick streifte durch die Scheibe der Wagentür die runzligen Hände, seinen alten Hut, seinen wehenden Mantel über dem ausladenden Bauch, dieser unglaublich massige Bauch, über dem sich das Hemd straffte und die Knöpfe in weitem Bogen zu spicken drohten. Er warf wortlos ihren Brief zu Boden, vor die Füße seiner beiden Gegenüber, machte kehrt, bevor sie ihm überhaupt nachrufen konnten.

Der Wagen schwankte, als er sich setzte, er knallte die Fahrertür zu und legte seine Hände ans Steuerrad, er sah sie an und lächelte.

Ich habe ein Haus, sagte er, es ist weit draußen, wir könnten dort leben. Sie erwiderte nichts, lächelte zurück, sie wartete, bis er aufs Gas trat, legte ihren Kopf zurück, und an ihr vorbei zogen die Häuser, zog der Rhein, der Mief, zogen all die gesenkten Häupter und tollenden

Kinder, zog ein Gefühl, eine leise Empfindung und entlockte ihr eine einzige Träne, die seinem Auge entging.

*

Das Geflüster füllte die Häuser, drang durch die Fensterritzen und unter den Türen durch ins Tal, in ihr Schlafzimmer vor und ihre horchenden Ohren. Alles schien von ihnen beiden zu sprechen, sie anzustarren, sie zu beobachten, und sie verfiel in eine lang anhaltende Apathie, als ihr das bewusst wurde, sie stand nicht auf, den ganzen Tag blieb sie im Bett, stierte mit zusammengekrümmten Fingern an die Wand und lauschte dem Geflüster, das immer lauter zu werden schien.

Bleiben wir hier, in meinem Haus, hatte er gesagt, ich möchte hierbleiben, möchte keinen Gestank mehr von dieser Stadt, ich bin so müde von diesem Siff, bleiben wir hier, und sie hatte ihn lange angesehen, sie hatte ihm das geglaubt und auch, dass es für sie gelten könnte.

Diese Steilwände gefielen ihr lange noch. Auch als die Sonne hinter den Bergzipfeln verschluckt und den ganzen Winter nicht mehr hergegeben wurde, als die stundenlange, zähe Dämmerung den Schnee in ein hässliches Grau kehrte und mit ihm den ganzen Ort; an diesen Steilwänden blieb ihr Blick hängen, so wie sie gerne Plätze betrachtete, die kein Leben zum Verweilen einluden.

An diesen Steilwänden Geröll. Sie erwischte sich bei Träumen zwischen Phasen des Wachseins, da brach dieses Geröll über das Dorf und verschlang jedes einzelne

Haus, auch ihres, drang durch die Fenster, in die Keller, in jedes Zimmer und über alle Feuerstellen, begrub Leben und Raunen unter sich.

Diesem Geröll gehörte ihre ganze Aufmerksamkeit. Als sie im Bett lag, beobachtete sie es durch das Fenster, sie nahm es mit in ihren wachen Schlaf und in die tiefe Nacht. Später, nachdem sie wieder aufgestanden war, gegen das Flüstern aufzubegehren begann, beobachtete sie es noch immer, widmete ihm ihre Gedanken, ließ es nur für Momente aus den Augen.

Dachte sie später an meiner Seite an diese Monate zurück, dann war ihr jener ganze Winter ein Tag, ein einziger, endloser Tag, in dem sie das Haus einrichtete, in dem er sie bat, ihre Vorlieben walten zu lassen, und sie zierte sich, die Möglichkeit am Leben erhaltend, bloß ein Gast gewesen zu sein, sollte sie es wieder verlassen. Ein einziger, endloser Tag, in dem Dutzende von Stimmen flüsterten, in dem sie auf das Geröll stierte und ihm geradezu hörig wurde und glaubte, aufgeben zu müssen vor dieser Natur und dieser Neugier. Ein einziger, endloser Tag, an dem es nie hell wurde, an dem die Dämmerung alles Umgebende mit sich zog und in Geiselhaft verwahrte, und so wurde es nie wirklich Tag, blieb dieser einzige, endlose Tag in Erinnerung als unwirklich zerronnene Zeit.

An diesem Tag schlief sie nicht und verspürte keinen Hunger. Sie ließ eine Taubheit in ihre Knochen kriechen, die wohltuender als Wärme war. Wenn er etwas sagte, erschrak sie jedes Mal. Diese Stimme klang abgeschliffen und schal; sie klang ihr fremd in den Ohren.

Um sie zum Sprechen zu bewegen, um diese Räume mit Leben zu füllen, das bis anhin noch nicht eingekehrt war, lud er Gäste ein. An ihr Haus hängten sie ein Schild und eines stellten sie an der Hauptstraße auf, sie richteten ein Zimmer ein mit zwei Betten, manchmal schliefen bis zu acht Personen darin und zuweilen dröhnte es unerwartet aus ihrem abgeschiedenen Haus, wurden kleine Feste gefeiert, entschieden sich manche, nicht mehr gehen zu wollen, und waren doch schnell wieder fort, erzählte man ihnen vom Winter. Den Verweilenden imponierte der Nebel, das sagten sie immer wieder, bei jeder Gelegenheit, die sich ihnen bot, das sprachen sie sogar in ihren brühend heißen Kaffee hinein und durch den zerteilten Speck in ihren hungrigen Mündern.

Sie bereitete das Frühstück vor, um sechs in der Früh, wenn der Schlaf der anderen noch schallte. Sie verrichtete die Arbeit in größtmöglichem Lärm, schlug die Töpfe in den Schüttstein, klirrte mit den Krügen, warf die Teller auf den Tisch; viel Geschirr ging dieser Tage zu Bruch, und manch müdes Auge klappte währenddessen auf und befand es als Zumutung, was in der Küche vor sich ging. Sie aber blühte in diesem Krach auf. Es war ihr ein Gräuel, wenn der letzte Gast das Haus verließ, die Ruhe wieder einschlug und dem ganzen Tag sein Leben entzog. Wieder raubte ihr jedes Zirpen den Schlaf, jedes Knarzen der fernen Häuser, und er war so ruhig an ihrer Seite, wie ein

Toter, dem der Atem nun fehlte, das Schnalzen, Wälzen, Schnarchen und Abwesendsein in Träumen. In solchen Momenten war ihr stets, als schliefe sie alleine in diesem Bett, und so vermisste sie ihn die meiste Zeit, selbst wenn er bei ihr lag, die beiden Körper ineinander verkeilt.

Im schleichenden Bewusstsein, dass sie in diesem Haus kein Heim finden würde, versuchte er sie zu zähmen, er umgarnte und liebte sie mehr, als er es zuvor für möglich gehalten hatte, und fand doch nur eine Nähe zu Zügen, die sie ihm aus Dankbarkeit vorgab zu besitzen.

Ihre Sorge über den Winter entfiel ihm ganz mutwillig, er ließ ihr in kurzer Abwesenheit Blumen und Grußkarten zukommen, von denen er sich erhoffte, dass sie ihr die Gedanken zur Flucht austrieben; wie kaum etwas anderes im Leben fürchtete er einen Brief, denselben, den er für sie ausgehändigt hatte, darin nicht mehr als eine Handvoll schwer lesbarer Zeilen, die den Schrecken einer Trennung aufzuwiegen versuchten. So ließ er sie auch manchmal ganz los, in der Ahnung, dass es nur eine Frage der Zeit sei, ehe sie fortginge; zu lieb und teuer war ihr der Lärm im Haus, als dass er ihr Glauben schenken konnte, wenn sie mit abwesendem Blick davon sprach, in dieser Stille und an seiner Seite alt werden zu wollen.

Ihr halbes Leben zerbröckelte in diesen Tagen, als Gegenzug für die Freude an den anderen, wie sie glaubte. Wenn Stimmen das Haus füllten, der Gestank von getragenen Socken, Dreck und Verwüstung und Gelächter, dann fügte sich Gewisses zu ihren Gunsten. Sie stand im Türrahmen, beobachtete das hektische Treiben und ließ sich nicht begeistern. Sie blieb ganz still, so, wie sie es sich gewünscht hatte, eine Beobachterin derer, die sich dem Pulk hingaben, sich mitreißen ließen. Das war ihre wahre Freude, darin verlor sie sich mutwillig.

Vier

Unsere gemeinsame Zeit ist lange schon vorbei. Länger als die Zeit, die wir zusammen verbracht haben, benötige ich, um mich an die Berührungen anderer Männer zu gewöhnen. Selbst jetzt lasse ich mich manchmal noch dazu hinreißen, ihn nicht vergessen zu wollen. Beim Liebesspiel denke ich mir die anderen Gesichter weg und stelle mir stattdessen seines vor. Das geht ganz gut. Ich lösche die Lichter und streiche mir alles Fremde aus dieser Szenerie. Danach liege ich lange wach. Neben mir schläft einer ganz tief. Es bleibt ein schaler Geschmack in meinem Mund. Irgendwann finde auch ich zur Ruhe.

Einen Geruch in Gedanken zu ersetzen ist schwieriger. Seiner ist mir geblieben. Ich kann ihn nicht rufen, wie ich es willkürlich mit Bildern tue. In der alten Wohnung nistete er überall. Jetzt ist die Erinnerung daran noch da. Wie der stille Raum erschrickt, wenn Besuch da ist, erschrecken diese Laken, wenn ein anderer Mann neben mir liegt, sie werden faltig und fleckig, und egal wie lange ich sie auf das Fensterbrett lege, der Mief der vergangenen Nacht verlässt sie nicht.

Er lag nur einmal noch bei mir. Mit seinem Finger ist er durch den Staub auf dem Fensterbrett gefahren, bevor er zu mir unter die Bettdecke stieg, kühler auf der Haut, als er es sonst war. Er hat fast gar nichts gesagt, und in der Art, wie er mich auszog, lag eine eigenartig unbedachte, geradezu kindliche Zärtlichkeit.

Ich wollte unbedingt allem mich Umgebenden die Bedeutungslosigkeit seines Besuchs zu verstehen geben, und er im Gegenzug tat sein Bestes, dass mein Vorhaben scheiterte. Er hob jeden Gegenstand auf und drehte ihn zwischen den Fingern, verstreute seine Kleider auf dem Boden, durchsuchte die Schränke und griff nach den Büchern unter meinem Bett. Seine Berührungen blieben an den Geschenken und Leihgaben haften und sie schienen mir von da an nach ihm zu rufen, als wüssten sie, was er für mich war, und wollten auch ihren Teil davon.

Ich ließ meinen Gesten ihre Fahrigkeit, willentlich unbeholfen unter unzähligen entleerten Gläsern. Ein paar Mal sagte er, ich verstehe nicht, unerwartet in unser Schweigen hinein, und ich entgegnete ihm nichts, strafte seine Worte mit leerem Blick. Ich verstehe auch nicht, sagte ich spät in der Nacht zu seiner schlafenden Gestalt, du bist immer zu mir zurückgekommen, ich habe nie auf dich zu warten gebraucht. Wenn du bei mir warst, habe ich dich geliebt, und wenn du nicht da warst, habe ich dich nicht vermisst. Ich habe nur ein einziges Mal das Licht nicht ausgemacht, bin mit den Schuhen ins Bett gestiegen und habe mein Kleid so zurechtgelegt, dass du mir bei diesem Anblick nicht ein böses Wort hättest zurufen können. Ich habe kein Buch zur Hand genommen, um müde zu werden, nicht die Gardinen zugezogen und nicht die Spuren meines einsamen Besäufnisses getilgt. Ich habe mich hingelegt und auf dich gewartet, bis es draußen wieder hell wurde und mir alles schmerzte von dieser Regungslosigkeit. Im Raum ein Fleck, wo du hättest schwankend auf und ab gehen sollen, das Kinn reibend unter wirrem, wutentbranntem Geschwätz. Du bist nicht zu mir zurückgekommen, ich verstehe das nicht.

Es war meine erste Nacht, die ich ganz in einer Erinnerung verbrachte, neben ihm, der so tief und ungerührt schlief, als sei er tot. Wir teilten nun nichts mehr als unsere vergangene gemeinsame Zeit, und in ihr bewegte ich mich durch diese Stunden hindurch. Ich lag und roch an seinem Hals und unbedingt wollte ich seines Geruchs müde werden. Ich wusste, ich würde am Morgen vor ihm das Haus verlassen und ihn dann nicht mehr zu mir einladen. So erlaubte ich mir dieses Schwelgen, erlaubte seine Wärme auf meiner nackten Haut. Bis zur Lächerlichkeit trieb ich den Umstand des letzten Mals.

Heute bin ich den meisten Männern, die durch meine Tür gehen, eine Sünde in ihrem Alltag. Eine Frau mit traurigen Augen, wie mich manch einer von Lust getrieben, mein Gesicht zwischen seinen Händen, beschreibt, ist schnell begehrt. Klein rolle ich mich im Bett zusammen, gehe kurz oder eine ganze Nacht lang in ihren Armen verloren. Ich glaube, es tröstet sie. Wollen sie mir eine Geschichte abringen, gebe ich bereitwillig alles zum Besten, was ich je an Traurigkeiten vernommen habe. So verhärmt und entblößt, wie ich vor ihnen liege, befällt sie kurz Scham, ehe sie wie Tiere über mich herfallen.

Ich schlafe liebend gern mit vergebenen Männern. Auch verheiratete haben sich neben mich gebettet. Ihnen bin ich diejenige, deren Kuss auf der Haut und in der Erinnerung lange zurückbleibt, weil er nie zur Gewohnheit werden könnte. Sie geben sich gern dem Glauben hin, mir etwas hinterlassen zu haben.

Dass man einander gehören könnte, daran glaube ich nicht. Ich benutze diesen Ausdruck dennoch häufig. Ich sage, ich war sein. Damit darf ich in den langen, wachen Stunden zwischen fremden Gerüchen und schmutzigen Laken mutmaßen, *ihm* etwas hinterlassen zu haben.

Mit dieser Annahme finde ich zur Ruhe. Ich besänftige die Bücher unter meinem Bett, die Kleider am Haken, das Bett mit der weißen Wäsche, wenn sie in der Anwesenheit eines flüchtigen Liebhabers wieder nach ihm rufen.

Eine Küche im andauernden Dämmerlicht, die einander gereichten Hände zweier Zuschauer eines traurigen Spektakels, ein Tisch dazwischen mit einer großen und einer kleinen Tasse und einem Aschenbecher ohne Zigarettenstummel, Dezember 1964:

Es sind die letzten Tage meiner Mutter. Die meiste Zeit sitzen wir da; wir stellen das Licht nicht an und sagen kein Wort. Nach unserem gemeinsamen Spaziergang im Schnee ist sie mir bis nach Hause gefolgt, sie hat durch das Fenster gespäht, mich dabei beobachtet, wie ich nach der Hand meiner Mutter griff und mit ihr betete; dann verspürte sie den unbedingten Drang, sich bemerkbar zu machen, sie haute mit der flachen Hand gegen die Tür und der Ring an ihrem Finger riss eine Kerbe ins Holz. Seither kommt sie jeden Tag, sie tritt ein, ohne auf meine Einladung zu warten.

Die Ringe der Kaffeetassen auf dem unversiegelten Holz verwachsen ineinander, und das sonderbare Gewächs erzählt von unseren zugebrachten Stunden in der Nähe meiner Mutter, von betretenem Ansetzen des Porzellans an die Lippen, wenn ein Wimmern zu vernehmen ist, ein Geräusch das verlangt. Bei der Sterbenden zu sein, neben ihr, das ängstigt uns meistens viel zu sehr.

Mir scheint, die Zeit hört in ihrer Nähe langsam auf zu rinnen, bis ihr Fluss zäher wird und schließlich stockt.

Daran, meine hilflose, zum Kleinkind gewordene Mutter zu pflegen, kann ich mich nicht gewöhnen. Je mehr sich von ihr verflüchtigt, desto größer wird das Zögern, ja der Ekel, der mich in diesen Momenten befällt. Ihr Verfall widerspiegelt auch den meinigen, noch zu kommenden; aber es ist wohl wichtig, an dieser Stelle anzumerken, dieser Gedanke ist bloß einer am Rande.

Versuche ich die gestochen scharfen Erinnerungen zu bündeln und damit in eine Ordnung zu bringen, aus der ich zu lesen fähig bin, so fallen einzelne lose Blätter aus diesem Buch, und eines davon, so glaube ich, obgleich es an sich schon wieder eine ganze Geschichte erzählt, könnte meinen Widerwillen erklären.

Kurz nach meinem zweiundzwanzigsten Geburtstag stürzte ich im Rausch von einer Mauer, auf der ich zuvor mit ausgebreiteten Armen und auf einem Bein balancierend angeheiterte Mädchen zu beeindrucken versucht hatte. Ich kam auf den Rücken zu liegen und ein furchtbarer Schreck befiel mich in diesem Moment; es benötigte drei ausgewachsene Männer, um mich zu beruhigen. In panischer Angst um meinen Rücken spürte ich den Knochen nicht, der mir am Bein aus dem Fleisch ragte, ich rang durch gebrochene Rippen nach Atem, bis ich völlig erschöpft zusammenbrach.

Meine Genesung dauerte lange an. Ich verbrachte eine mir kaum fassbare Zeit im Dämmerzustand, bevor auf leisen Sohlen, ausgesprochen scheu, wieder Klarheit einkehrte, mich auch die furchtbaren Fieberträume verließen, in denen mir der Sturz den Rücken gebrochen hatte und mich für den Rest meines Lebens an dieses Bett fesselte, ich vollkommen bewegungsunfähig allem und jedem ausgesetzt war, der sich meiner Hilflosigkeit zu bedienen plante.

Mein Lehrmeister und seine Frau besuchten mich nahezu jeden Tag. Sie halfen mir bei meinen Gängen auf die Toilette, stützten mich bei ersten Gehversuchen, wuschen und rasierten mich. Sie schoben mich im Rollstuhl durch den Park und setzten sich mit mir in die Sonne, wurden meiner Wehleidigkeit und meiner Sorge über das gebrochene Bein nie müde; sie brachten Blumen und Schokolade mit und drängten ihren gerade ausgewachsenen Sohn, Genesungskarten zu schreiben. Seine zynischen Kommentare darüber am Telefon, wenn ich seine Eltern zu erreichen versuchte, erheiterten mich durch die Stunden hindurch, wenn ich mit meinem Körper alleine gelassen war. Er schickte mir einmal pro Woche ein kleines Paket mit Gegenständen, die er aus dem Internat entwendet hatte, mit Vorliebe waren es die teuren Füllfederhalter seiner Lehrer. Ihm waren meine ersten, wüsten Schreibversuche im Geschäft seines Vaters nicht entgangen, und nun ließ er mir zukommen, was er meiner hart erarbeiteten Schönschrift als würdig empfand, ganz nebenbei den verhassten Dozenten einen Denkzettel verpassend.

Es lag eine mir bis anhin unbekannt gebliebene Zärtlichkeit im Umgang dieser Familie mit mir, in den Neckereien und Gesten einer beginnenden Freundschaft des

Sohnes und allen Berührungen der Eltern, die ich so von niemandem kannte.

Häufig vergaßen sie die Zeit und alles Wichtige, das an ihre Begrenzung gekoppelt war; sie fuhren mir wieder und wieder durch das frisch gewaschene Haar, und das Gefühl ihrer Fingerspitzen auf der Kopfhaut blieb die ganze Nacht zurück; in diesen Stunden des Nachhalls geschah mir kein Unheil. Das wusste ich und dem war so.

Bis zu diesem Erlebnis hatte ich körperliche Nähe als eine Art Zwang empfunden, die Bedürfnisse anderer zu stillen. Mir war weitgehend unbekannt, selbst ein Stück Befriedigung darin zu finden. Dieser Umstand hatte mich nie traurig gestimmt, er war eine Gewissheit gewesen und trivial, wie unendlich viele Einzelstücke des Alltags auch. Als kleiner Junge meine Mutter zu umarmen, war kein Akt des Schutzsuchens gewesen, sondern des Tröstens. Stellte ich mich Schlägen, dann stellte ich mich dem herrschenden Machtgefüge, das für ein Kind stets unverrückbar im Raum steht. Zärtlichkeiten waren Luststillung für die Schlaflosen; auch das ließ ich ohne jegliche Bitternis, ohne Gegenwehr über mich ergehen. So gesehen war das, was ich nach meinem Unfall erlebte, gleichsam schön wie auch von einer gewissen Grausamkeit eingenommen. Im Nachhinein das eigene Unwissen zu begreifen, ist ein unausweichlich schmerzhafter Vorgang.

Als ich aus dem Krankenhaus entlassen wurde, schlief ich das erste Mal mit einem Mädchen. Ich lernte sie in der

Straßenbahn kennen, als ich mich noch schwach auf den Beinen an eine Haltestange klammerte, und sie, adrett gekleidet und mit pikiertem Blick, bot mir ihren Sitz. Wir stiegen an derselben Haltestelle aus und liefen dieselbe Straße entlang. Dieser Zufall und ihre Neugier über meinen gebrechlichen Gang bestimmten den Ausgang jenes Abends, den ich nur als einen von vielen geplant hatte, mit einem Buch und einer Flasche Wein, die mich den versehrten Körper vergessen lassen und in den Schlaf wiegen würden.

In ihrem riesigen Bett, zwischen einem halben Dutzend Kissen, verlor ich meine Unschuld, während die Eltern nebenan Wein tranken und stritten, sich wieder versöhnten, wieder die Fassung verloren, wieder schrien, wieder einknickten, in einem fort.

Ihr Porzellangesicht ließ jugendliches, fast noch kindliches Alter erahnen, wohingegen ihre vulgäre Sprache und der zügellose Umgang mit dem eigenen Körper auf ein Gemüt deuteten, das im Zeitraffer alt geworden war. Unser Liebesspiel war schnell vorüber. Der deftige Geruch ihres Unterleibs erschreckte mich, als ich meinen Kopf zwischen ihre Schenkel vergrub, und die empfundene Lust blieb schal, blieb mir nicht greifbar, ist heute ein Bild unter vielen und bedeutsam einzig durch den Umstand, dass mir in dieser Nacht das erste Mal die Idee kam, man könne einen anderen Menschen wirklich begehren.

*

Mich befällt eine Angst, sie könnte nicht mehr da sein, wenn ich zurückkomme, ihre halbwertige Hand zurückgezogen und für meine Scheu nicht mehr auffindbar, und so eile ich. Ich wringe den Lappen aus, tauche ihn in die andere Schüssel mit dem kalten Wasser und lege ihn zurück auf Mutters Stirn. Ich trockne ihre Mundwinkel, versuche ihr etwas Flüssigkeit einzuflößen. Wenn sie mich aus blinden Augen ansieht, erstarre ich. Ich glaube zu wissen, dass eine gewisse Bitternis eingekehrt ist, die nicht mehr auszutricksen ist. Sie weiß, dass sich ein Teil von mir losgelöst hat und nicht zu ihr wiederkehren wird. Ich habe etwas verstanden, was auch sie gezwungen wäre zu verstehen, hätte es ihr diese Krankheit nicht erspart.

Manchmal packe ich fester zu, in diesem Ärger, der mich dann befällt, dass sie sich aus dem Leben schleichen darf, ohne Rechenschaft abzulegen. Diese Wucherung in ihrem Kopf als gerechte Strafe anzusehen, wäre falsch; mir bleiben die Hände gebunden und die Sprache verwehrt, dem bisschen Leben gegenübergesetzt, das noch zuckt. Ich kann aufstehen und in die Küche gehen, wo der Sekundenzeiger unablässig tickt, wo ein fremder Geruch eingedrungen ist; dort ist die Ahnung, dass sie nicht erklären muss und ich im Gegenzug das erleben darf, was über ihr Ende hinausgeht, das mir weit zu sein scheint in diesen Momenten und ihr nicht gebührend.

Sie sitzt noch immer mit ausgestreckter Hand da, als ich zurückkomme, sie reicht mir ihre rechte, zum ersten Mal.

Wenn er außer Haus ist, mit dem sie aus der Stadt in dieses gottverlassene Dorf geflüchtet ist, trete ich bei ihr ein, und Stück für Stück gibt sie mir von ihrer Geschichte, von dem Mädchen, das sie vorher war, und der Frau, als welche sie sich nun verstehen möchte. Sie bittet mich nicht zu gehen, etwas in ihr lauert darauf, in Zweisamkeit gefunden zu werden. Klingelt sie an meiner Tür, bleibt meine Frage nach seinem Verbleib außen vor. Beide möchten wir nicht, unsere gegenseitige Zuneigung bliebe geisterhaft, könne als Geheimnis, in das nur wir beide eigeweiht sind, vergessen gehen, und doch bleiben wir schweigsam, entziehen uns der Verantwortung, die ein Ausbruch mit sich ziehen würde.

Für die Zeit, sagen wir still zu uns selbst, da ein Leben im Begriff ist, zu Ende zu gehen, verharren wir im Bereich des Möglichseins aller Dinge; dann, wenn wir es als Notwendigkeit empfinden, können wir uns entscheiden.

Ich setze mich zu ihr und strecke die fehlende Hand zurück ins Bild. Ihr tiefer Ausschnitt lässt auf ihre ungleichen Brüste blicken, und noch immer weiß ich nicht, ob sie mir wirklich gefällt, ob ich sie schön finde, ob es vielleicht auch an diesem Tag das Licht sein könnte, der Raum, der von ihr ausgehende Trost.

Ich stelle mir vor, sie zu küssen. Ich habe es noch nicht getan; mir scheint die Handlung als ein ungeschriebenes Gesetz, um sich wirklich als geheime Liebhaber wissen zu dürfen. Denn eigentlich, wirklich, gäbe es keinen anderen Grund, es zu tun. Ihr nahe sein zu wollen, erfordert keine Zärtlichkeiten. Wir könnten uns festhalten, wir dürften, wir brauchten nicht zu sitzen und zu schweigen; aber ganz bewusst verlangen wir als Einziges diese einander gereichten Hände.

Bevor die Dämmerung eingekehrt ist und der Schnee gefallen, der eingebrochene Winter die Sonne hinter den Bergzipfeln in Geiselhaft genommen hat, gab es keine Abwesenheit von Licht, Wärme und Farben, die eine Sehnsucht nach körperlicher Nähe in uns hätte hervorrufen können. Jetzt hingegen ist das Fehlen all dieser Dinge überaus präsent; und wir verharren noch immer. Zuweilen entsteht aus diesem Zögern ein Rätseln, ob ich wirklich den Wunsch hege, sie begreifen zu wollen, ob wir froh sind über den Umstand, eine verwandte Seele gefunden zu haben, oder ob es das Finden eines Gegenstücks zu uns selbst ist, eine Rechtfertigung für das eigene Handeln und Denken, und ich sie nicht vollständig begreifen möchte, weil es Seiten an ihr gibt, die anders sind und die Fragen aufwerfen könnten, an mich selbst.

Aber nein, scheint mir ihr Blick sagen zu wollen, in diesem Zögern liegt weit weniger, als du glaubst. Wir betrachten uns als anders, manchmal ängstigt uns das. Wir hebeln Grenzen aus und erstellen unsere eigenen Regeln, deshalb betrachten wir uns doch als eigen, das dürfen wir nicht vergessen. Wollen wir Liebhaber sein, so sind wir es auch ohne den Akt des Ehebruchs. Und hegte keiner das Bedürfnis, den anderen zu berühren, darf das nicht als gegenseitige Zurückweisung verstanden werden.

Was aus uns wird, ist offen gestellt zu erfahren und sollte nicht gedeutet werden, als versuche man ein Unglück zu verstehen.

Wir hören auf, unser Tun infrage zu stellen. Als diejenigen, die wir sind und an was wir glauben, stellen wir uns über unser eigenes Zweifeln. Die Angst, entdeckt zu werden, befällt uns nur in den Traumfetzen kurz vor dem Erwachen. Wir sind erstaunt darüber, einander in dieser Lautlosigkeit gefunden zu haben, und durch den Schleier derer, die in ungeahntem Glück taumeln, scheint uns jede Möglichkeit des Kommenden erlebbar.

An diesem Abend, kurz vor dieser Nacht, stirbt meine Mutter. Es ist niemand bei ihr, als sie aufhört zu atmen. Irgendwann wird mir bewusst, dass es gänzlich still geworden ist. Ich gehe in ihr Zimmer und sehe ihren leicht geöffneten Mund, ihre starren Hände, die Ausdruckslosigkeit in ihren Augen. Ich weiß, sie ist fort. Ich bin berührt davon, einen toten Menschen zu sehen. Die Leiche liegt umgeben von Dingen, die durch sie alleine Wert erhalten haben und mit dem letzten Atemzug bedeutungslos geworden sind. In ihrer weißen Bettwäsche, von der nun der Urin rinnt, liegt sie seltsam zusammengekrümmt und mit erstauntem Ausdruck im Gesicht.

All ihren plötzlich verwaisten Besitz zu sehen, erweckt Trauer in mir. Diese Bilder, Postkarten, Bücher, Kleider, Schuhe, Möbel, Stifte, Dokumente, Quittungen sind herrenlos geworden und nicht dazu bestimmt, den Winter zu überdauern. Sie zerfallen mit ihr gemeinsam zu Schutt und Erde. Ich glaube, mein ganzes Leben lang hat nichts es vermocht, mich in eine derartige Wehmütigkeit zu versetzen, wie der Anblick zurückgelassener Dinge.

Es ist alles noch da.

Nur die Zeit nicht mehr.

Fünf

Mein Vater kann sich an alles erinnern, ihm entgeht nichts. In meiner Kindheit und Jugend war es mir unmöglich, ihn zu täuschen, hatte er etwas einmal mit eigenen Augen gesehen. Ich war es gewohnt, auf mein gesamtes Leben zurückgreifen zu können, auf jeden beliebigen Tag, solange er unter seinem Blick stattgefunden hatte. Nie blieben Sachen lange verschwunden, die wir irgendwo abgelegt hatten. Es gab keinen Kalender, in dem vergangene Arzttermine und Behördengänge eingetragen waren. Auch war es vergebene Müh, ihn auf Versprechen aufmerksam zu machen, die er nicht gegeben hatte. Lange blieb er für mich übermächtig, als seien unsere gelebten Tage sein höchstpersönlicher Besitz.

Meine Mutter im Gegenzug hortete Erinnerungsgegenstände; unsere Zeichnungen, Fotos, alte Kleider und Spielzeug. Auch sie notierte sich nichts, was sie in der Abwesenheit meines Vaters häufig in Teufels Küche brachte. Während er damit zu kämpfen hatte, das Wichtige vom Nichtigen zu trennen, legte sie sich die Dinge stets aufs Neue zurecht. Sie formte die Vergangenheit, wann immer ihr danach war.

Ich, mein Bruder und meine Mutter waren alle drei unfähig, uns Dinge zu merken. Als ich in meine erste eigene Wohnung zog, hingen überall kleine Notizzettel, die mich auf das Allernötigste hinwiesen. Ich wusste auch als junges Mädchen noch nicht, wie ein Name im Telefonbuch zu finden war, vergaß am laufenden Band Verabredungen und Termine.

*

Ich möchte etwas über meinen Vater erzählen, das ich von seiner Vergangenheit weiß.

Er hat früh angefangen, darüber zu schreiben, und diese Seiten immer wieder aufs Neue verworfen. Abends hat er häufig an seinem Schreibtisch gesessen und hat den Stift unzählige Male zwischen seinen Fingern hin und her gedreht, ohne ein einziges Wort zu Papier zu bringen. Im Verlauf dieser Stunden ist er unruhig geworden, er hat seine Sammlung an Füllfederhaltern auseinandergeschraubt, nur um dann doch mit dem Bleistift rauschartig Sätze zu schreiben, die wir am nächsten Tag auf zerrissenem Papier im Hauskehricht fanden.

Als er meine Mutter kennenlernte, schrieb er über sie. Das war sein erster Versuch, die Vergangenheit eines Menschen zur Fiktion zu machen, ehe er sich später an seine eigene wagte. Um ihr Wesen zu entschlüsseln, bat er sie um ihre Geschichte. In den Nächten, da ihn die eigene sterbende Mutter wach hielt, schrieb er sie nieder. Es gab für ihn zwei Beweggründe, das zu tun: Geschichten waren für ihn höchst lebendig und standen dem Tod entgegen. Indem er ein Menschenleben auf das Nötigste reduzierte, fand er Zugang zu der Natur all jener Menschen, die sich nicht wie er an alles erinnern konnten, das je gehört, gesagt oder getan wurde.

Er war fünfzehn Jahre alt, als er das erste Mal eine Straßenbahn sah. Schmutzig und mit durchgelaufenen Schuhen verfolgte er das Treiben der Tauben auf dem Bahnhofsplatz. Er sah den vielen Menschen dabei zu, wie sie zu den Zügen eilten, und hielt den Koffer an sein Brustbein gedrückt, in dem seine wenigen Habseligkeiten verstaut waren.

Ein unerhörter Zufall rettete ihn vor der einkehrenden Nacht und all jenen, die zu später Stunde in die Stadt ausgespuckt werden.

Er löschte seinen Durst am Brunnen vor dem Bahnhof, als eine fremde Hand nach seinem Koffer griff. Er schreckte zurück und fiel beinahe ins Wasser, wurde aber gerade noch rechtzeitig am Hemdskragen gepackt und ins Trockene gehievt.

Du bist schmutzig, Junge, sagte der Fremde vor ihm erschrocken und begann, den eingetrockneten Dreck vom Gesicht meines Vaters zu kratzen. Der Regen und sein dazugehöriger Schmutz hatten kaum eine Stelle am Körper ausgelassen.

Du bist schmutzig, wiederholte der Mann, du gehörst gebadet, und zwar ohne deinen Koffer mit dir im Wasser.

Mein Vater ging aus Hunger, Durst und Mangel an anderen Möglichkeiten mit dem Fremden mit. Er ließ sich von dessen Frau die Kleider ausziehen und setzte sich ins warme Wasser, das sie für ihn eingelassen hatte. Als er sauber war, stieg er in das Bett, das für ihn bereitgestellt worden war, und deckte sich bis zum Kinn zu. Er schlief bis in den frühen Abend hinein, und als er leicht fiebrig erwachte, stand eine Kanne Tee auf dem Nachttisch, aus der er gierig trank.

Mein Vater wusste nicht, dass das Ehepaar am Nachmittag zuvor seinen Sohn verabschiedet hatte, dem durch die Hinterlassenschaften der Großeltern eine Schulbildung am Internat ermöglicht worden war. Lange ging er noch davon aus, der Sohn sei tot und dies der Grund, weshalb er aufgenommen worden war.

Er stellte den beiden keine Fragen. Er ließ es zu, dass die Frau seine Kleider wusch und ihm Geschichten vorlas. Er stellte sich darauf ein, dass Arbeit von ihm erwartet wurde, und kratzte den Dreck unter seinen Fingernägeln hervor, weil er davon ausging, dass es sich in der Stadt so gehörte.

Eine ganze Woche verstrich. Die beiden schmierten ihm Brote und baten ihn beim Abendessen zu Tisch. Hast du ein Zuhause, Junge, fragten sie häufig, gibt es jemanden, der auf dich wartet. Er schüttelte stets den Kopf und schaufelte gierig in sich hinein, was ihm den Hunger eines ganzen Lebens zu tilgen schien.

Am achten Tag nach seiner Ankunft wurde er am Morgen früh geweckt. Der Mann hatte ihm Hemd und Hose seines Sohnes bereitgelegt und ein Paar Schuhe, die bei jedem Schritt an die Ferse drückten. Er führte meinen Vater durch die engen Gassen der Altstadt zu einem kleinen Friseurgeschäft. Nun machen wir einen anständigen jungen Herrn aus dir, sagte der Mann. Er setzte meinen Vater auf einen der beiden Stühle vor den großen Spiegeln an der Wand, legte ihm ein Handtuch um den Hals und drückte seinen Kopf über das kleine Waschbecken. Er wusch ihm das wilde Haar, kämmte Knoten aus und machte sich dann mit der Schere ans Werk.

Als er fertig war, trat der erste Kunde ins Geschäft. Meinem Vater wurde ein Stift in die Hand gedrückt und der Stuhl am kleinen Tisch neben dem Eingang zugewiesen. Das Erste, was er drei Jahre nach seinem letzten Schultag niederschrieb, war eine Telefonnummer und der dazugehörige Name.

*

Als mein Vater nach dem Tod seiner Mutter in die Stadt zurückkehrte, arbeitete er wieder im Friseurgeschäft seines alten Lehrmeisters. Während er die Haare seiner Kunden schnitt und sie rasierte, bat er um ihre Geschichten.

Er sammelte Menschenleben auf Papier, die er in einem längeren Prozess immer wieder kürzte, bis am Ende nur noch Versatzstücke blieben. Er hängte diese aneinander und bebilderte sie mit grotesken Figuren, die aus kaum mehr als ein paar Strichen bestanden. So entstanden erste Büchlein. Er schrieb sie für diejenigen, denen er sich verbunden fühlte: Kinder, deren häufiges Unglück hinter verschlossener Tür stattfindet, ohne dass die Welt Notiz davon nimmt. Er schickte Exemplare davon an meine Mutter, signiert und mit seiner Adresse versehen. Sie sollte immer wissen, wo er zu finden war.

Auch für mich und meinen Bruder hat er ein Buch geschrieben. Es ist eine Sammlung an Anekdoten unseres Familienlebens. Die Strichmännchen reisen in ferne Länder und machen sich dort zum Affen, sie tragen alle dieselbe Sonnenbrille und denselben unförmigen Strohhut. Die großen Strichmännchen lassen sich versehentlich beim Liebesspiel erwischen und müssen notgedrungen die kleinen Strichmännchen über Sexualität aufklären.

Mein Vater ist ein guter Geschichtenerzähler. Er kann alles über jeden erzählen und auch seine eigenen Kinder glauben es ihm, selbst wenn sie genau wissen, dass es nicht stimmt.

Ich habe nichts behalten, das über meine Kindheit Zeugnis ablegen könnte. Die Kleidchen mit hochgeschlossenem Kragen, von denen ich früher ein gutes Dutzend in allen möglichen Farben besaß, werden nun von kleinen Mädchen aus bescheidenen Verhältnissen getragen, deren Eltern sich am verblichenen Stoff nicht stören. Meine ersten Schuhe hängen mit den Schnürsenkeln an einen Kleiderhaken geknüpft im Schlafzimmer meines Vaters. Es stehen dort auch Fotoalben in den Regalen, geordnet nach Jahr. Von jedem Album gibt es zwei Duplikate. Meine stapeln sich bei der alten Wohnung auf dem Dachboden hinter kaputten Ziegelsteinen, wo sie niemand findet.

Menschen, deren Bekanntschaft ich mache, bleibe ich ein entwurzeltes Wesen. Ich erfinde keine Geschichten darüber, wessen Tochter ich bin. Fragt man mich nach meiner Kindheit, wechsle ich rasch das Thema, gebe mich so lange geheimnisvoll, bis mein Gegenüber eine Tragik erahnt und mich dann in Ruhe lässt.

Langsam driftet diese Zeit in eine Geisterwelt, an deren Existenz auch ich manchmal mutwillig Zweifel erhebe. Ein paar Mal habe ich versucht, es aufzuschreiben. Diese wenigen Worte zerrten zurück ans Licht, in mein Empfinden und auf meine Haut. Ich habe den Stift stets sehr schnell wieder abgelegt. Als Therapie ist mir das Schreiben eine denkbar schlechte Tätigkeit. Es ist gut, um Ordnung zu schaffen. Etwas zu schreiben, zu lesen und dann zu wissen, dass es wahr ist. In diesen geschriebenen Worten gibt es keine Spinnereien, die sich um die Beute meines Gedankenguts reißen. Nach dem Punkt ist der Satz beendet. Es ist geschrieben worden und nun steht es da.

Sporadisch denke ich mir Geschichten aus. Das Unspektakuläre, Alltägliche liegt mir. Ich erfinde Personen, deren Charakterzüge sich kaum erschließen lassen. Das, was sie sagen, ist wichtig und weniger, wer sie sind oder was sie tun. Ich bin überzeugt davon, dass gewisse Kriege mit gescheiten Worten zu gewinnen sind. So lasse ich meine Protagonisten sprechen, aber nicht groß und aufgebauscht. Aus den Kurzgeschichten werden Dialoge. Aus den Dialogen eine Erzählung, die in den Köpfen der Leser wächst. Immerhin unterhalten sich auch Kriegsherren zuweilen über ihren Hund.

Es gibt viel Freudvolles, über das man schreiben kann. Viel Sehnsucht, Wehmut und Melancholie, die sich in Poesie verwandelt haben. Ich habe Geschichten gelesen, die mich ganze Nächte und viele Tage noch zum Heulen gebracht haben. Zwischen diesen Seiten bin ich derart verloren gegangen, dass ich mit dem Verlust einer Figur tatsächlich einen Freund betrauert habe. Ich habe mich nie dazu hinreißen lassen, in dieser Hinsicht abgebrühter zu werden. Keine vorgefertigten Bilder rühren mich in gleichem Maße wie jene, die in meinem Kopf aus Wörtern gemacht werden. Das soll mir immer bleiben.

Was aus meinen Zeilen gesogen werden kann, wüsste ich nicht. Es gibt Dinge, die geschrieben werden müssen, um zu erklären, zu warnen und aufzuwecken. Worte, die einzig dem Zweck dienen, den Leser in seiner Fantasie zu verführen. Triviales, mit dem man sich die reichlich vorhandene Zeit totschlägt. Es soll unterhalten, bilden, mancher Autor schickt sich an, die Augen der Menschen öffnen zu wollen. Nun gut, dagegen ist nichts zu sagen.

Was ich schreibe, ist der Versuch, diese Jahre so wiederzugeben, wie sie tatsächlich waren. Halte ich ein Dokument dessen in den Händen, was geschehen ist, werde ich vielleicht nicht mehr länger wach liegen und durch meine Gedanken wühlen. Meine Fantasie wird sich etwas beruhigt haben und nicht mehr dazudichten, wie sie es der Geschichte würdig empfindet. Lange schlage ich mich schon damit herum, dass sie sich immer wieder in mein Schreiben einzumischen versucht. Es ist nicht nur sie, die mich damit hadern lässt.

Ich bin davon ausgegangen, dass man mit gewissen Umständen leben kann, ohne sie zu akzeptieren. Ich habe es für großen Unsinn gehalten, dass die Leute ständig ihren Frieden mit irgendwelchen Erlebnissen finden wollen. Sie schreiben darüber, um sich mit ihrer Vergangenheit auszusöhnen. So weit möchte ich gar nicht gehen, wenn ich den Stift in die Hand nehme. Trotzdem überfällt es mich manchmal aus heiterem Himmel, möchte ich meine Eltern unbedingt anrufen und ihnen mitteilen, dass ich über sie schreibe und mehr wissen will. Ihr Leben ist mir nur in Umrissen bekannt.

Ein Foto habe ich von meinen Eltern behalten. Ich trage es in meiner Geldbörse zwischen Bankkarte und Ausweisen. Sie sind jung, um die dreißig. Meine Mutter überragt meinen Vater. Er trägt seine Haare lang und unordentlich. Er sieht mir überhaupt nicht ähnlich. Sie blicken in die Kamera, als wüssten sie um das, was sie erwartet. Den Menschen auf diesem Bild möchte ich also Konturen geben in diesen Momenten, sie zurechtschleifen durch ihre Vergangenheit, bis all ihr Handeln und Denken darauf zurückzuführen ist und ihnen vergeben werden kann.

Ganz unerwartet bekäme meine Geschichte so einen hoffnungsvollen Charakter, und ich entließe niemanden, am allerwenigsten mich selbst, mit einem nagenden Unwohlsein aus den letzten Zeilen.

Ich weiß, es geht nicht. Natürlich würde es gehen. Ich habe die Telefonnummer noch im Gedächtnis, ich habe sie als Kind und später als Jugendliche auf alle möglichen Papierfetzen und Formulare gekritzelt.

Nun, die Empfindung verlässt mich meist so schnell wieder, wie sie gekommen ist. Ich lege den Stift aus der Hand, lasse für die Dauer einer Zigarette das Bild von mir und meiner Mutter in einem Café passieren und reiße kurz das Fenster auf, bei jedem Wetter, um das Zimmer von seinem sentimentalen Mief zu befreien. Danach denkt es sich meist ganz leicht.

Ein Kapitel, das neun Paar Füße beherbergt, Januar 1970/März 1951:

Eines Tages, so dachte ich in manchen Nächten an ihrer Seite, werden viele Stimmen dasselbe raunen. Sie erzählen eine Geschichte, welche die meinige sein könnte. Die Stimmen kriechen witternd aus entlegenen Winkeln, haben den Lockruf derer vernommen, die nicht ungehört bleiben möchten, strecken ihre Fangarme aus und ziehen sich zueinander, vernehmen nun lauteres Rufen, strömen aus, schlingen sich durch diese Stimmen, lassen sie auseinanderbrechen und schrill werden im Vorgang des gegenseitigen Verzehrens; und je größer dieses Knäuel an unliebsamen Erinnerungen wird, je lauter sein Dröhnen, sein Gestank, desto mehr horchen auf, folgen seiner Spur, laben sich daran und geben sich dann bereitwillig seiner Einverleibung hin, bis dieses Knäuel so groß und laut und übel riechend geworden ist, dass sich seiner Präsenz niemand mehr entziehen kann.

Im Kern dieses Knäuels findet sich eine Geschichte und um sie herum ein riesiges Netz aus Variablen: Namen, Orte, Gesichter, Worte, Details, alles zur Verfügung stehendes schmückendes Beiwerk der Menschen, die um diesen Kern existiert haben, der die Grundlage ist, würden sie sich entschließen zu erzählen.

Wenn ich aus ruhig gewordenem Schlaf schrecke, weil ich glaube, eine dieser Stimmen rufen zu hören, mit ausgestreckten Händen suchend, blind, hält sie mich von der Seite umschlossen und ihr fester Griff lässt mich nicht zittern. Ihr eigen ist eine Ahnung, wenn wir uns zu Bett begeben, meine Träumerei könne ausufern, ein Gefühl für diesen Moment, in dem ich neben ihr zucke, kurz vor einem erstaunten Schrei. Sie ist dann schon wach, ihre Arme liegen um meine Schultern, sie lässt mich kurz bersten, zieht an, hält mich fest, bis das Aufbegehren meiner Nervenstränge erlischt, bis ich ruhig werde. Sie ist kräftig.

Einmal sagt sie, weißt du eigentlich, dass es keinen Unterschied macht, ob diese Stimmen einander finden, weißt du, dass eines Tages die letzte verstummt ist und dieses Knäuel, an dem nur Lebendes, Sprechendes, in Tat und Wort Existierendes sich laben darf, mit diesem letzten Zeugen zerfällt, dann werden die Karten neu gemischt, eine andere Geschichte geschrieben, und erst muss sie geschehen, überlebt und dann verschwiegen werden, weggesperrt, bis einer sie ans Tageslicht zerrt, bis Gewisse verstehen, bis einer sich erdreistet zu sagen, so etwas dürfe und werde nie mehr passieren. Dann fängt das Vergessen an, weißt du, die tiefe Ignoranz derer, die nicht selbst erlebt haben und die in ihrem leichten, freudvollen Dasein eine Leere finden, eine Lücke, weißt du, dass es nicht wichtig ist, was du dir für die anderen wünschst, für die Menschen um dich, weil sie das Glück nicht fassen, unbeschadet zu sein, weil ihnen nie jemand solchen Schaden zugefügt hat, dass sie diese Unversehrtheit tatsächlich als wertvolles Gut betrachten. Du solltest versuchen zu leben, weißt du das, vergiss nicht zu leben.

Ich höre das Winseln dieser Stimmen, wie sie nacheinander gesucht haben, verloren gegangen sind, im Dickicht verheddert, ich höre sie wehklagen und dann verstummen. Sie sind leise. Wenn sie nacheinander suchen, sind sie kaum lauter als ein Flüstern. Sie begegnen diesem Grauen mit einem Flüstern, sich die Möglichkeit bewahrend, nie gesprochen zu haben.

Nichts wünsche ich mir in diesen unruhigen, verzehrenden Nächten mehr, als schweigen zu können. Keine Stimme in mir zu tragen, die unaufhörlich ruft, ins Leere hinein. Ich möchte dieselbe Stille im Schlaf empfinden wie meine Frau, jedem Albtraum ein ungebetener Gast sein, der nicht eingelassen wird.

Dieser Gewalt bin ich an ihrer Seite ausgesetzt, zurückgerufen zu werden, festgehalten, nicht in diesen Abgrund zu stürzen, nicht so, wie es das Aufbegehren meines Körpers androht; es ist höchst abstrus, geliebt zu werden.

*

An manchen Tagen teilten wir eine Stimme. Gesprochen haben wir durch sie nicht. Wir teilten diese Kerngeschichte und viele Namen, Orte, Gesichter, Worte, taten diese Gemeinsamkeit doch nie kund. Sein verrohtes Wesen lag unter weichen, kindlichen Zügen, denen auch das kurz geschorene Haar in ihrer Wirkung nicht entgegentreten konnte, und wenn er schrie, wenn er bloß raunte, wenn er zwischen die Zähne hindurch murmelte, stets lag eine rührende Unschuld, eine Zartheit darin. Sanftmütig klangen seine Worte, selbst wenn sie Härte und Beschimpfungen Ausdruck gaben, und lieblich noch heute in meinen Ohren, denke ich an ihn zurück.

Es gab einen Umstand, der ihn mir gegenüber milde stimmte. Als ich auf dem Hof ankam, erhielt er seinen Namen zurück und ich wurde der *Bueb.* Manchmal kam er noch, wenn nach mir gerufen wurde, ihm fiel sein Irrtum erst im Moment auf, da er mein Gesicht sah, und dann spielte um seinen Mund ein eigenartiges Lächeln und er sah mir lange noch zu, bevor er sich umdrehte und davonging. Mir schien, sein Gang wurde von Mal zu Mal aufrechter, Stolz schlich sich in seine Schritte.

In seinem Umgang mit mir gab es keine Gesetzmäßigkeiten; häufig trug er mir zusätzliche Arbeit auf, trat mir beim Ausmisten von hinten auf die Fersen, und ich kam im Dreck zu fallen, was vom *Vatr* bestraft wurde. Er spottete über meine kurzen Beine und die vergebliche Müh, zeitig mit der Arbeit fertig zu werden.

Doch gab es auch eine andere Seite an ihm, die mich seine zeitweilige Härte verzeihen ließ. In einem unachtsamen Moment des *Vatrs* griff er beim Essen nach Brotscheiben, die er unter seinem Hemd versteckte und mir spät am Abend ins Zimmer brachte. Schau, dass du groß und stark wirst, pflegte er zu sagen, dann kann man dir nichts mehr tun. In meinen ersten Wochen auf dem Hof schlich er sich häufig nachts zu mir in die Kammer und beruhigte mich, bis ich in den Schlaf fand. Er vergewisserte sich stets, dass ich mich an seine Gutmütigkeit nie gewöhnte, ließ auf jedes freundliche Wort einen feindseligen Blick folgen und auf jede gute Tat eine umso heftigere Gemeinheit. Er erlaubte es mir nicht, ihn direkt anzusprechen, und ging auf nichts ein, das ich zu ihm sagte. Wie wir gerade zueinander standen, lag ausschließlich in seinen Händen.

Dass sich seine Geschichte wiederholte, ließ ihn versteinern, jedes Mal, da er zwischen uns beiden Ähnlichkeiten erahnte. Sah er dabei zu, wie ich vom *Vatr* bestraft wurde, setzte ihm der Atem kurz aus, er drehte sich von uns weg und wartete, bis es vorbei war. Obwohl er größer war als wir alle, erhob er nie die Hand, er ließ sich ohne Widerwehr schlagen und treten und ging nie dazwischen, wenn mir selbiges geschah.

In meinem kurzen Schlaf träumte ich oft von zu Hause, von den Füßen meiner Mutter, an die Peters winzige Zehen spielten. Er schmiegte sich in ihre Arme, bis sie eingeschlafen war, kroch ihren Busen entlang, den Bauchnabel, über den Unterleib und an den Oberschenkeln vorbei, bis er sich zwischen ihre Knöchel legte und dort blieb; und mit jedem Zucken und Treten mitging, tief in kindlich traumlosen Schlaf gesunken. Ich sah ihre vier Füße unter der Bettdecke hervorlugen, wo früher alle unsere

Füße aneinandergereiht waren, an den äußeren Rändern die Füße meiner Mutter und die meiner Schwester.

In den zähen, endlos scheinenden Stunden, da kein Schlaf mich befallen wollte und die rückblickend zusammenschrumpften, als hätte ich eine einzige Nacht in diesem Zustand durchlebt, war es vor allem Peter, der meine Gedanken beherrschte. Er war der Einzige von uns, den sie bei unserer Mutter ließen. Ich ging damals davon aus, dass sie ihn übersehen hatten; unmöglich, ein so kleines Kind zu entdecken. Angst befiel mich, dass er nicht mehr würde schlafen können, weil seine Hände nun ins Leere griffen, wo früher unsere ausgestreckten Zehen gewesen waren, die er mit ungemein festem Griff gepackt hatte.

Als Heranwachsender begann ich, Mitleid zu empfinden mit meinem kleinen Bruder, ein Mitleid, das mich beinah zerfraß; dass ihm diese Freude verwehrt geblieben war, Geschwister zu haben, ihm nur unsere Wärme, unsere Füße eine Erinnerung gewesen waren, nicht aber unsere Stimmen, nicht unsere Gesichter. Mein wertvollstes Gut waren all diese Erinnerungen an sie, diese Fülle, welche sie mit sich brachten, mit in leeren Raum und ausgehebelte Zeit; da brachen sie aus, hielten mich wach in Trauer, dass nun nicht mehr war, was damals gewesen, und hielten mich wach in der törichten Hoffnung, wir fänden wieder zueinander und würden nicht älter bis zu diesem Tag. Ich frage mich häufig, welche Hoffnungen Peter gehabt hätte, wäre es ihm denn vergönnt gewesen, eine Handvoll zumindest besitzen zu dürfen.

Mein Vater starb, ein halbes Jahr bevor ich auf den Hof geschickt wurde, da war Peter eben ein paar Wochen auf der Welt. Mit seinem Tod tat sich ein klaffendes Loch auf, das uns in die Armut riss. Er hatte uns nichts außer Schulden hinterlassen. Unser kaltes, feuchtes Heim ließ uns unaufhörlich zittern, und meine Schwester war die Erste, der die Zähne zu faulen begannen, deren Engelsgesicht langsam zu zerbröseln schien. Wie verblichenes Pergament spannte sich ihre Haut über die Knochen, und so mager wurde sie in ihrem Kummer, ausgemergelt, schweigsam und kränklich. Von uns allen vermisste sie den Vater am meisten, vermisste das Ansehen, welches wir genossen hatten, und die Blicke der jungen Burschen, die nun verschämt von ihr wegsahen.

Es gingen Gerüchte über die Gründe unserer plötzlichen Armut um, von denen Mutter alleine wusste, was sie sprachen; wir vernahmen bloß das Flüstern und die einschneidende Isolation von der Gemeinschaft. In diesem Winter erwachten wir in den frühen Morgenstunden, fanden uns in den Armen des anderen wieder, brachten es kaum zustande, uns aus dieser Umarmung zu winden, der nicht Wohlwollen, nicht Geborgenheit innewohnte.

Mutter sagte uns damals, wir müssten lernen, alleine zurechtzukommen, und sie entzog uns jegliche liebevolle Berührung, die sie, unbeobachtet vom Vater, früher vollzogen hatte. In ihren Umgangston schlich sich nach und nach eine Härte, die sich erst mit später Stunde langsam auflöste, da wir alle zusammen im Bett lagen. Dort verbot die Wärme der anderen Feindseligkeiten, und wir selbst verbaten uns jegliches raue Wort. Wir mühten uns, diesen Verlust der Abgrenzung im Verborgenen zu halten, aber glaubten wir alle schlafend, gaben wir uns der eigenen Schwäche ganz hin. Unter unseren geschlossenen Lidern blieben wir hellwach, wühlten nach den Händen und Körpern der anderen, die wir umschlossen und hielten, bis alle im selben Moment den Träumen zum Opfer fielen.

Mich rief sie manchmal noch zu sich. Mich bat sie im Dunkel, ihr durch das drahtige, durchfleuchte Haar zu fahren und meine Arme um ihren Bauch zu schlingen, meinen Kopf an ihren Busen zu neigen und zu verweilen. Sie ließ mich ihre Füße waschen und ihren Rücken und hielt mich um Stillschweigen an. Die Monate nach Vaters Tod schienen viele Geheimnisse zu beherbergen, die sich uns erst als erwachsene Menschen offenbarten. Während dieser sechs Monate versuchten wir, ein neues Leben um diese Geheimnisse zu spinnen, und in der Sorge um Mutter gaben wir unser Bestes, der einkehrenden Armut ihren Schrecken zu nehmen.

Die angefaulten Zähne meiner Schwester unterbrachen dieses Vorhaben bei jedem Wort, das sie sprach; ihre verblichene Haut ließ uns Kälte in die Knochen kriechen, eisige, nagende Kälte, weit noch nach Überdauern dieser Zeit verspürten wir sie. Dann brachte man uns von der Familie weg, einen nach dem anderen, bis es die Familie gar nicht mehr gab. Zuerst meinen älteren Bruder, dann meine Schwester und schließlich mich. Wir standen von einem auf den anderen Tag uns vollkommen unbekannten Menschen gegenüber, die wir von nun an als *Muetr* und *Vatr* zu titulieren hatten. Wir bekamen eine Kammer zugewiesen, in der wir schliefen, und sonst Arbeit, kräftezehrende, aufreibende Arbeit, in jede freie Minute passte eine Arbeit, in jeden Zeitabschnitt, der es erlaubt hätte, zu spielen, zu lesen, uns Erinnerungen hinzugeben. Letzteres gestattete uns nur die kurze Nacht. Später, als wir uns wieder trafen, sagten wir alle dasselbe: Wir waren immer müde, die ganze Zeit; geschlafen haben wir wenig. Diese nur uns gehörenden Stunden wollten wir nicht versäumen.

Es war auch das Einzige, über das wir sprachen. Unseren Schlaf. Nicht, was er beherbergt hatte, nicht, was in ihm und bis zu unseren weit aufgerissenen Augen gewuchert war.

Unser Schlaf, in dem wir früher zueinandergefunden hatten; dessen Meistern ohne die anderen uns rückblickend eine Stärke zuschrieb, die wir in den Jahren fern von zu Hause verloren geglaubt hatten.

*

Es ist mein Trotz allein, der mich zur Flucht zwingt. Bevor ich versuche, einen Drang zu ergründen, der so vielleicht gar nicht existiert, konzentriere ich mich auf diesen Trotz.

Ich habe *Muetr* und *Vatr* unzählige Male über ihn reden hören. Sie sitzen mir am Tisch gegenüber, kauen laut an ihren Broten und graben mit den schmutzigen Nägeln in ihren Zahnlücken, während sie über ihn schimpfen. Ich sehe ihn vor mir, wenn sie es tun, höre seine zarte Stimme, die ich dann schmerzlich vermisse.

Leidgetan hat er ihnen nicht. Sie haben sich geschämt, dass er davongerannt ist, und nun bringen sie Häme über ihn, über den dummen *Bueb.* Drei Dörfer weit trugen ihn seine Füße, ehe er im strömenden Regen ausrutschte und den Hang hinunterstürzte. Sie lachen über den Schrecken, den er empfunden haben muss, als er mit gebrochenem Rücken zu liegen kam. Es ist die einzige Heiterkeit, die sie in diesen Wochen zulassen.

In mir keimt die Aufsässigkeit, ihnen ihre selbstgerechten Worte auszutreiben, diesen Worten hinterherzujagen, bis sie verstummen und das ganze Dorf im Gegenzug zu reden beginnt.

Ich zähle die Löcher im Boden, wenn die Lampe noch Licht hergibt, zähle ich sie, dreiundsiebzig, ich zähle sie immer wieder. All die Bilder in meinem Kopf, dies Waschen, Scheuern, Heuen, Viehtreiben, Putzen, Aufschreien, Schweigen, Rennen, Laufen, immer mit nackten Füßen, die verwachsen sind und sich der Kälte nicht beugen, auch ihren Blessuren nicht, diese Bilder drängen zu meinen Ohrmuscheln, zu meinem Mund, der sie nicht lässt, sie saugen jeden klaren Gedanken auf. Ich sehe, durchlebe und halte fest, jede vorbeitickende Sekunde verstärkt diese Flut, jeder Anblick meiner verdreckten Fingernägel, der Dreck auf den Kuppen, den Knöcheln; ich zähle; wenn ich zähle, erlaubt mir das zu denken.

Erlaube ich mir zu denken, wird mir die Scheußlichkeit der Tage bewusst. Ich versuche zu ergründen, wie sie zu überdauern wären. Ich denke an das Bild der Füße, das mich im Schlaf einholt, ich stelle mir dann vor, diese Füße festzuhalten, an meine Wangen zu drücken, an ihnen zu riechen, meine Finger zwischen die Zehen zu legen, ich möchte ... Peters winzige Füße noch einmal in meinen Handflächen gehalten haben, nun sind sie zu groß geworden für dieses Spiel, ich fürchte mich davor, meinen kleinen Bruder nicht wiederzuerkennen, all die Jahre habe ich ihn nicht ein einziges Mal gesehen, kein Wort über sein Befinden gehört, als habe sich ein Riss in der Welt aufgetan und ihn einfach verschluckt.

Ich zähle die Löcher im Boden meiner Kammer. Sie hat kein Fenster, sie ist ganz klein und ungeheizt, im Winter zieht es durch jede Ritze. *Muetr* hat mir ein Kopfkissen geschenkt, eine kleine Lampe hineingestellt und mir ein zweites Hemd gekauft, das mir anfangs bis zu den Knien reichte, und nun, da spannt es an einigen Stellen, und ich mag dieses Hemd sehr, ich mag seine weißen Knöpfe. Ich trage es an den wenigen Tagen, da ich zur Schule gehe und wenn die Behörden sich anmelden, um nach dem Rechten zu schauen.

Am Abend bevor der Armeninspektor uns einen Besuch abstattet, schrubbt sie meinen ganzen Körper, wäscht sie mir die Haare, kratzt gar den Dreck unter meinen Fingernägeln weg, bis das Blut darunter aussickert. Ich soll meine Sachen in ein anderes Zimmer stellen, eines ohne Löcher im Boden, oder zumindest mit weniger als in meiner Kammer. In diesem Zimmer gibt es ein Fenster, einen kleinen Ofen, und ein Paar Schuhe steht neben der Tür. Es sind nicht meine, sie wären mir viel zu klein.

Wenn sie vom *Bueb* sprechen, den sie nun wieder als solchen bezeichnen, sagen sie, er habe schon unzählige Male versucht zu türmen. Einmal sei er so dumm gewesen, im Kreis zu laufen und dem wutentbrannten *Vatr* direkt zurück in die Arme. Er habe nach Geld gefragt, bei allen habe er gebettelt, der dumme *Bueb* wisse ja nicht einmal, dass das Leben da draußen Geld koste, einmal, da sei er drei Tage weg gewesen und dann wieder angekrochen gekommen, der Backenzahn habe zu faulen begonnen und entsetzlich habe es aus diesem Maul gestunken.

Es ist dieser Trotz, meine Faust, die sich um den Löffel ballt; ich kann mich selbst nicht austricksen, diese Auflehnung ihnen gegenüber bleibt mir. Wenn ich versuche, um ihr Wohlwollen zu buhlen, befällt mich das Gekicher; ich sehe mir selber zu und der Anblick meiner Anbiederung erscheint mir so lachhaft. Eine Ohrfeige, ein Blick in meine Augen haben es nie vermocht, mich zu demütigen. Auch mein Vater hat von Züchtigung Gebrauch gemacht, in seiner eigenen Art, stets frontal. Ich habe es auf mich genommen, wenn er es ankündigte, mich ihm entgegengestellt, wie er es verlangt hat.

Vatr schlägt mir so gut wie nie ins Gesicht. Er schlägt mir auf den Hinterkopf, damit ich mit dem Gesicht auf den Tisch knalle, *Vatr* zieht mich an den Haaren und schleift mich am Boden hinterher, *Vatr* rammt mir die Mistgabel in den Hintern, wenn ich ihm zu langsam bin, stößt die Finger zwischen meine Schulterblätter, tritt mir auf die Fersen, *Vatr* sieht mir dabei nicht ins Gesicht, weil er weiß, dass es mich demütigt, und nichts löst im *Vatr* eine vergleichbare Erregung aus wie das Unterwerfen eines anderen, und nichts gibt es im Leben, in dem er besser wäre.

Wie schwach und klein bleibt er mir später in Erinnerung, ich überrage ihn mit meinen sechzehn Jahren schon. Sein Haar ist schütter, mattes Braun, dazwischen gegerbte Haut. Die letzten Monate in seinem Haus sehe ich nur noch auf seinen Kopf hinunter.

Ich trete ohne Schuhe aus ihrer Tür. Im Herbst, durch all das Laub, das Gras gefriert schon über Nacht und bis weit in den Morgen hinein; und Schnee fällt mancherorts, dicker, einverleibender Schnee. Um meine krummen Füße ist es mir nicht schade. Ich trage Sorge zum Koffer, in dem meine Habseligkeiten verstaut sind. Meine beiden Schulbücher, die ich mir an meinem letzten Schultag mitgenommen habe, mein Hemd mit den weißen Knöpfen, ein Brief von Mutter, in dem sie mich wohl wünscht. Es ist der Koffer vom *Vatr*, eines seiner liebsten Stücke, und ich selbst liebe den Geruch von Leder, das Klacken des Schlosses, und die Genugtuung in diesem Diebstahl, am allermeisten liebe ich die.

Mein Trotz lässt mich diesen ganzen weiten Weg lang nicht umkehren. Ich frage mich, wohin die gepflasterten Straßen führen, gehe ein Stück auf ihnen und flüchte dann wieder ins Dickicht. Von Städten träume ich schon, seit Mutter mir das erste Mal von ihnen erzählt hat, ich träume von Straßenbahnen und Zügen und Tauben, Hunderten von Tauben, von ihrem Gurren, das ich noch nie gehört habe.

Ich träume auch von ihm. Ich bin nie dazu gekommen, ihn zu mögen, und nun überkommt mich eine Traurigkeit, wenn ich daran denke, an die Kälte zwischen uns und seinen Stolz. Ich denke an seine unschuldige, zarte Stimme und überlege, ihn aufzusuchen, würde mich so gern davon überzeugen, dass der *Vatr* und die *Muetr* mir Lügenschichten erzählt haben und er eigentlich, wirklich, doch noch immer läuft.

Ich stelle mir vor, wie ich vor ihm stünde und ihn begrüßte und seinen Blick auf meinen nackten, krummen Füßen spürte, er ist zur Schule gerannt und zurück, die ganzen Kilometer, jeden Tag, in einem Eifer, den ich nicht kannte, und er ist ihnen davongerannt; könnte ich ihm sagen, sieh, ich bin hierhergelaufen, um dich zu besuchen, und er, würde er sich über meinen Besuch freuen, mich nicht zwingen, wieder aus der Tür zu gehen, rufend, wohin werde *ich* laufen, nur in euren Erinnerungen laufe ich noch.

Sechs

Es ist nicht ganz wahr, unter meinem Bett liegt nicht bloß Dreck. Ich hüte eine Schachtel mit Geschenken dort. Nicht gemacht dafür, ungeöffnet zu bleiben, ist ihr Papier verschlissen, hängen die Schlaufen traurig herunter. An manchen verbleicht mein Name. Mir fällt auf, dass die Schrift krakeliger geworden ist, als lebe ihr Verfasser rückwärts und würde mit der Zeit zum Kind.

Sie bleiben, wozu ich sie bestimme. Oft vergesse ich ihre Anwesenheit. An manchen Tagen ziehe ich die Schachtel hervor, deren Deckel mir verloren gegangen ist, und bestaune meine achtlos geschaffene Ordnung. Würde ich wollen, könnte ich für ein paar Wochen jeden Tag Geburtstag feiern. Ich habe zu unzähligen Gelegenheiten ein Geschenk bekommen. Sogar an Ostern lag einmal eine kleine, rote Schachtel mit einer goldenen Schleife in meinem Milchkasten.

Lege ich meine Bettdecke über den Fenstersims, um sie vom Gestank der Nächte zu befreien, sehe ich meinen Vater zuweilen, wie er vor meiner Tür vorbeigeht. Er dreht ein paar Runden um den Block und wartet darauf, mir zu begegnen. Sein Haarschopf hat begonnen, sich zu lichten, und ich glaube langsam eine Glatze ausmachen zu können.

Wenn wir uns zufällig begegnen, bin ich jedes Mal aufs Neue erstaunt, wie alt er geworden ist. Vielleicht ist das die Spanne zwischen dem Mann und dem Greis, denke ich dann. Einmal zu solchem geworden, dürfte ich staunen, wie viele Jahre er noch durch diese Stadt geistert.

Ich wünsche mir, dass er nur einen einzigen Gesichtszug besitzt, an dem ich ihn dann erkennen kann. Ich werde wissen, dass er mein Vater ist, auch wenn er nicht mehr so aussieht. Er wird Sachen sagen, die nicht zu ihm passen, und freundlich sein, ohne sich weinerlich zu zeigen.

Es entstünde die Möglichkeit freundlicher Begegnungen. Mit mir am Arm ginge er spazieren und erinnerte sich an kaum einen Fetzen noch aus seinem Leben. Ich dürfte ihm ganz viele Geschichten erzählen und ihn mit jedem Mal neu erfinden. Was ihm gefiele als Entwurf seiner Vergangenheit, ginge lange nicht vergessen. Ich blickte auf seine verrunzelte, durchzogene Haut und seine zittrigen Hände, und das wäre alles, was mir von ihm bliebe, wenn er dann stürbe. Die Zeit ist meinem Wunsch noch nicht nachgekommen.

Ich halte es mit ihm wie mit anderen flüchtigen Bekannten. Ich sehe sie aus der Distanz. Ist es ein guter Tag, hebe ich den Kopf und grüße sie flüchtig. Kurz streifen wir einander, als gäbe es wenig aus dem Leben des Gegenübers, das wir aus eigener Erfahrung kennen. Ungewollt Betraute, die aus den Erzählungen anderer sich ein Bild gefügt haben, blicken wir uns kurz in die Augen, als wollten wir zu verstehen geben, dass wir gar nichts wissen. Wir halten beide den anderen für einen guten Lügner.

Ich gehe meist zu Fuß oder nehme das Fahrrad. Nur wenige flüchtige Bekannte verstehen den kurzen Gruß in einem Moment, da wir nicht bloß einander streifen, sondern tatsächlich zusammentreffen. Unangenehm sind die zufälligen Zusammenstöße in der Straßenbahn. Sie sehen mich, lächeln und setzen sich auf den freien Platz neben mir. Es bestünde die Gelegenheit, dieses winzige Fenster auf das Leben des anderen zu vergrößern. Die Neugier auf Unerhörtes zu stillen und den Geschichten so ihren Zauber zu nehmen. Es mag sie auch bloß eine falsche Annahme von Anstand zu ihrer Annäherung verleiten.

Erst mit den Monaten, seit ich in die neue Wohnung gezogen bin, hat sich mein Verhältnis zu den Menschen geändert. Als ich noch zur Schule ging, war ich schwatzhaft mit jedem, der mir vorgestellt wurde, und teilte bereitwillig mit, was es aus meinem Alltag zu erzählen gab. Ich schaffe es heute kaum zum nächsten Zigarettenautomaten, ohne einer dieser Gestalten aus meinem früheren Leben zu begegnen. Gewisse sind erstaunt über meine Verschlossenheit. Andere übertönen meine Wortlosigkeit mit Erzählungen über ihr Erwachsenwerden. Sie fluten die Stadt mit ihrem Erstaunen darüber, dass sie immer mehr ihnen gehört. Ich glaube, nicht einer von ihnen mit einst gehegtem Wunsch nach Getümmel und Größe ist je fortgezogen. Von vielen bekomme ich mit, dass sie nach einigen umtriebigen Wochen wiedergekehrt sind. Vor ihrer Abreise wurde betont, dass sie nie mehr zurückkommen werden. Natürlich lamentieren sie gerne. Sie fühlen sich eingepfercht in diesen wohlvertrauten Straßen. Im Sommer verkaufe seit über zwanzig Jahren derselbe glatzköpfige Mann mit weißem Kittel sein Eis. Dieser Trott, so berichten sie, nage am freien Geist.

In der Fremde doch, wenn niemand zusieht, befällt sie das Heimweh. Sie wälzen sich im Bett und weinen bittere Tränen. Dort fertigen sie auch die Lügen über ihre verfrühte Rückkehr vor. Sie wiegen das Schöne der neuen Umgebung mit dem Schmutz der breiten Straßen und der Unmenschlichkeit der Großstadt auf. Die Daheimgebliebenen nehmen es dankbar auf, um das schlechte Gewissen über ihre Behaglichkeit zu besänftigen.

Wen ich in meine Wohnung bitte, der erzählt von solchen Zweifeln kaum. Weil man einander kennt, wird meist sehr angeheitert über die Fluchtversuche alter Bekannter hergezogen. Ihre Gesichter haben sich zu Karikaturen gewandelt, denen wir ein Eigenleben nicht zuschreiben möchten. Vor uns ausgebreitet liegen diese Leben, von denen wir unbedingt wollen, dass sie nicht unsere eigenen sind.

Häufig bitte ich meinen Besuch, Brot und Milch mitzubringen. Allzu gern verbringe ich ganze Tage zu Hause. Ich zupfe an meinen Kleidern, koche, verfolge das Treiben auf der Straße und wühle durch meine Gedanken. Sehe ich ihn vorbeigehen, steige ich meist hastig in mein Bett. Ich ziehe die Decke bis zum Kinn hoch und warte, bis ich mir sicher bin, dass er nicht mehr in der Nähe ist. Später am Abend treibt mich die Unruhe aus dem Haus. Ich fühle mich beobachtet in diesem kleinen Raum.

Ich spaziere am Ufer entlang, bis ich zur Grenze gelange, und gehe noch ein Stück weiter darüber hinaus. Die stillgelegten Gleise halten mich geraume Zeit bei sich. An die Schachtel mit Geschenken unter meinem Bett denke ich dann nicht. Nur wenn ich zurückkomme, empfängt sie mich wie unabsichtlich geladenen Besuch, der lange vor mir eingetreten ist und eine freundliche Täuschung nicht zulässt.

Ein Leben in Gedanken, Mai 1998

Lange Zeit war mir, als würden wir eines Tages so auseinandergehen, wie wir uns begegnet waren, als entspränge ein seltsamer Zauber der Schwärze einer Trennung; ein Leben, von dem wir ausgegangen sind, dass es sich im Sande verläuft, wird aus dem Nichts hinaus überworfen und beginnt noch einmal von vorne. Sehr unerwartet hielt ich viele Dinge für möglich, und die dazugehörigen Bilder fluteten durch den Schlaf und weit in wache Stunden hinein. An unverhofften Orten sähe ich meine Gestalt, die, je weiter sie fortzieht, desto aufrechter geht. Was in immer gleichen Sätzen und müden Gesten dumpf geworden war, erhielte seine Schärfe zurück. Das würde mich anfangs schmerzen, dann bald nicht mehr.

Verliebt, wie es meine Tochter zuweilen hinter roten Wangen und ungewohntem Kichern verbirgt, war ich in diesem Maße nie. Ihre Verwirrung und ihr Zögern kenne ich gut, und doch ist mir stets fremd geblieben, in welcher Unbekümmertheit man von einem Menschen hingerissen sein kann. Habe ich ein Lächeln eingefangen, das mir geblieben ist, ein tiefer Blick aus fremden Augen, denen eine Vertrautheit inne war, trieb es mich nicht in ein verlorenes Schwelgen, hielt es mich nicht wach in der Ahnung, diese Zeit der Distanz zu vergeuden. Ich bin alle

Stunden, die gemeinsam zu verbringen möglich schienen, in Gedanken durchgegangen und habe am Leben dieses Paares, dessen eine Hälfte ich dann war, teilgenommen, als geschehe es wirklich und zöge an mir vorbei, ganz unverhofft in die Wirklichkeit gedrungen.

Das junge, glühende Gesicht meiner Frau, welches mir nun von Fotografien in unserem Wohnzimmer entgegenblickt, habe ich so nicht wahrgenommen. In bestimmtem Licht, unter dem Schwall gewisser Worte war ich damals von ihr angetan; und habe sie dennoch nur gesehen, wie sie heute mit mir durch die Tage und an mir vorbeigeht. Wir sprechen, gebärden uns und handeln, als schlügen wir bloß Zeit tot, bis wir wieder in den Schlaf finden, um dort in Momenten zu existieren; die Versatzstücke unserer Vergangenheit zanken sich um unser kurzes Bewusstsein, dazwischen ein Vakuum, Leere, Nichts. Fast könnte ich süchtig werden nach der Abwesenheit jeglichen Gefühls, wäre die Taubheit dem Tode nicht so erschreckend nah.

Bleibe ich stehen und betrachte die Erinnerungsstücke, finde ich einen Schalk in ihren Augen, der mich dafür straft, nicht stehen geblieben zu sein in Gedanken. Lange Stunden treibt mich Reue um, treibt mich aus dem Haus und auf die Straße, wo ich oft ziellos umherirre und große Mühe aufbringe, den Weg zurück einzuschlagen. Jede Fassade scheint mir eine Geschichte wie die unsere zu verbergen, überall, wo ich hinschaue, sind die Menschen müde, sehe ich sie immerzu gähnen, schlurfend in diesem

Zerrbild, das ihre einstigen Zukunftsgedanken zur Lächerlichkeit verzieht. Ich habe nichts erlebt, das gleichsam eine solche Freude und endlose Traurigkeit in mir hervorgerufen hat, wie das langsame Absterben aller Möglichkeiten eines Lebens.

Nachdem sie mir zum ersten Mal versprach zu bleiben, begann eine Ruhe zu wirken. Ehe ich noch ihres Geruchs und ihrer Stimme müde wurde, legte sich ein Schleier auf unsere gemeinsam verbrachten Stunden. Ich verlor mich mutwillig in den Erinnerungen an unser Aufeinandertreffen und Auseinandergehen, an die kurzweiligen Intervalle einer Zweisamkeit, die jedem hätte magisch sein sollen; nur mir war sie das nicht. Ich entwickelte ein Gespür für diese Bilder, ein leises Nachempfinden und begriff auch, welchen Gefühlen mich Gesprächspartner für mächtig geglaubt hatten, war ich so weit gegangen, ihnen von ihr zu erzählen. Einzig war ich fähig, diese Vergangenheit zurechtzuschleifen in der Ahnung, unsere Zweisamkeit fände irgendwann ein Ende. Ich hielt es für möglich, dass die Zeit der Gemächlichkeit und der schläfrigen Gesten nur kurz währen würde.

Schleichend nun haben mir die Jahre den Gedanken an das Ende unserer Beziehung entzogen; ich gehe von keiner anderen Annahme aus als derjenigen, dass unser geleisteter Schwur tatsächlich eintreffen wird. Ich glaube nicht daran, dass ich noch einmal ein neues Leben beginnen könnte, das Wissen, sie würde ohne mich straucheln und sterben wie ein Fisch an Land, hat mutwillig eine

Verlorenheit mir gegeben, die nun nicht mehr rückgängig zu machen ist.

Innig küsst sie mich, innig weint sie auch; sie schließt die Tür, durch die ich in der Folge ihr Bild erahne. Weint sie laut, liegt sie wie ein Kind auf dem Bett, die Knie angezogen, das Haar zerzaust. Ist nichts zu vernehmen, weint sie leise, sie sitzt am Fenster, meist ein Buch in der Hand, als gälten die Tränen einer Fiktion. Meine Frau ist sehr schön in ihren Tränen. Die ganze Welt geht ihr abhanden, sie müht sich nie um Fassung. Hinter verschlossener Tür ist ihre Trauer einfach und ehrlich.

Ich betrachte die Bilder in unserem Wohnzimmer mit derselben Neugier, die ich auch gegenüber dem Leben meiner Kinder hege. Gesprächig sind sie mir gegenüber nur selten. Aus zweiter, dritter Hand füge ich das Bild eines Alltags zusammen, in dem sich an einen Tag ein Gefüge türmt, das ihm der nächste wieder entreißt. Sie taumeln und zweifeln, wie es junge Menschen tun. Bestimmt lieben sie auch, aber darüber verwehrt man mir jegliche Information. Fetzen klaube ich zusammen, sehe die filigranen, flüchtigen Mädchen meinem Sohn zugewandt und dann wieder verschwinden. Meine Tochter hingegen lässt sich zu keinem Moment hinreißen, in dem man vordringen könnte, dürfte viele küssen und sich leichtfüßig wieder abwenden, aber bestimmt treibt sie diese Spielereien lieber in Gedanken.

Älter waren wir beide schon, als die Kinder zur Welt kamen. Wir haben nicht mehr mit ihnen gerechnet.

Durch die Tage als Vater klingt häufig nach, was mir als jungem Bursch widerfahren ist. Mit ihrer Geburt ist dieser Abschnitt meines Lebens wieder zu mir zurückgekehrt, als geschehe er ein ums andere Mal, ich hatte es für eine gewisse Zeit fertiggebracht, meine Vergangenheit nicht wüten zu lassen, und nun trifft sie mich, oft unerwartet, oft auch nach langem, tiefem Schlaf, in dem sie früher heimisch war und mich nach dem Erwachen zu verlassen pflegte.

Zugegeben ist es selten geworden, dass die Nacht mich bei sich hält. Mein Verhältnis zu ihr ist sonderbar geblieben, noch immer warte ich in diesen dunklen Stunden, zu einer Ruhelosigkeit gezwungen, um die man mich nicht zu beneiden hat.

Es gab diese kurze Zeitspanne zwischen Wiedersehen und Heirat, in der wir uns einen Trott erlaubten, uns ja suhlten darin. Wir sind gemeinsam aufgestanden, haben Kaffee gekocht, geraucht, uns gegenseitig die Zeitung zugeschoben, sind manchmal ins Bett zurückgeeilt und haben absichtlich alles zu spät werden lassen. Wir entschwanden dann beide in einen Tag, der dem anderen nicht gehörte. Sie ging unterrichten und ich setzte mich in die Bibliothek und schrieb, und in regelmäßigen Abständen besuchte ich den Sohn meines Lehrmeisters, der nach dem Tod des Vaters sein Studium an den Nagel gehängt und das Geschäft übernommen hatte, blieb für einen kurzen Schwatz, trank Kaffee, der immer noch gleich schmeckte wie früher.

Ich hatte sie wiedergetroffen an der Beerdigung, sie trug einzelne silberne Haare im Schopf und war bleich vom langen Winter; ihr Gang, ihr seltenes Lachen, ihre Art zu sprechen und die Menschen zu beobachten, war doch keinen Deut anders als zur Zeit unseres Kennenlernens, und so gab es auch keinen Leerraum, über den ich mir einen Austausch wünschte. Beinah nahtlos führten wir nach diesem Tag fort, was wir bei unserem Abschied damals als beendet geglaubt hatten.

Mein lieber Freund hat sich den ganzen Morgen lang für die Beerdigung seines Vaters zurechtgemacht, unter Beschallung alter, trauriger Lieder, die sich in meine frühmorgendlichen Träume gruben und ihnen so eine tiefschwarze Färbung verliehen. Weit durch meine Erinnerung greifend luden sie mich ein, hielten mich bei sich, für die Dauer einiger weniger Sekunden vielleicht, die sich im Empfinden zur Unzeit dehnten. Als ich aufstand, habe ich die Ringe der Kaffeetassen auf dem Küchentisch betrachtet und an ein anderes Entschwinden gedacht.

Mit diesem Bild noch im Kopf glaubte ich, etwas habe sich in meinen Gedanken verfangen, als ich sie an diesem Tag in der Kirche sitzen sah. Selbst als wir unmittelbar voreinander standen und sie mich fragte, wie es mir ginge, glaubte ich noch an einen Geist. Ich habe sie nach Hause mitgenommen und war mir sicher, wahnsinnig geworden zu sein, an ihr riechend, als röche ich an einem Hirngespinst.

Als ich sie zu mir nahm, stand ich dem Schicksal ihres

Geliebten vollkommen gleichgültig gegenüber; ich fragte sie nicht nach den Umständen ihres Fortgehens und konnte nur darüber mutmaßen, wie sie überhaupt vom Tod meines Lehrmeisters erfahren hatte. Viele Nächte lag ich neben ihr wach und fürchtete, auf dieselbe Art verlassen zu werden wie die Männer vor mir, einen Brief auf meiner Türschwelle vorfindend, der mit kaum einer Handvoll schwer leserlicher Zeilen den Schrecken einer Trennung aufzuwiegen versuchte. Sie wusste um meine Angst, jeden Blick, jeden bösen Traum konnte sie deuten, und mehrmals täglich, wenn wir miteinander kochten, beinandersaßen, einander liebten, sagte sie mir: ich bleibe.

Sie hatte kaum etwas mit sich gebracht. Ihre Kleider zum Wechseln ersetzte sie rasch durch neue. Sie fügte sich ganz in mein Leben, benutzte meinen Kamm, meine Zahnbürste, las meine Bücher, hörte meine Musik, ließ sich von mir Schuhe, Taschen und Mäntel kaufen. Ich war es auch, der ihr eine Arbeit suchte, und lange begleitete ich sie mit dem Fahrrad noch bis vor die Tür der Berufsschule, bevor ich meinen eigenen Weg einschlug, küsste sie auf Wiedersehen, wünschte ihr einen schönen Tag.

An den Abenden haben wir die Tür hinter uns zugemacht und die Wohnung nicht mehr verlassen. Nur selten gingen wir aus; wir erspähten ein Restaurant wenige Straßen weiter, das wir einmal im Monat aufsuchten, tilgten mit diesem Ritual jegliches schlechte Gewissen über unsere Zurückgezogenheit und lernten, uns den vorherrschenden Regeln einer Gesellschaft zu fügen.

Es gab Abende, da empfanden wir es nicht als notwendig, miteinander zu sprechen, waren wir zu vertieft in gewisse Tätigkeiten, in Gedanken, aus denen wir nicht zurückgeholt werden wollten. Geschlafen haben wir früh oder später, weit nach Mitternacht, ein paar wenige Male erst kurz vor dem Morgengrauen. Wir sind stets zur selben Zeit zu Bett gegangen.

Nun ist da dieses Kribbeln in meinen Beinen. Lege ich mich hin und schließe die Augen, kommt es langsam auf, reckt sich bis zu meinen Knien, wandelt sich in einen stechenden Schmerz oder ein schnelles Pochen. Es verlässt mich erst, wenn ich ihm nachgebe, meiner Müdigkeit zum Trotz wieder aufstehe und durch die Wohnung laufe, auf dem Balkon hin- und hergehe, so lange, bis ich glaube, es überlistet zu haben. Im nächsten Moment, da ich mich zur Ruhe hinreißen lasse, kommt es zurück.

Könnte es etwas anderes sein als böse, beißende Ironie, frage ich einmal meinen lieben Freund bei Tisch, dass ausgerechnet ich, der sich entschieden hat zu bleiben, von einer Krankheit befallen werde, die die Beine zum Laufen zwingt. Er blickt in seinen Kaffee, kurz ist er still, dann entlockt ihm mein steifes Gesicht ein Lachen und er sagt, es ist zumindest eine schöne Geschichte, meinst du nicht auch. Worüber würdest du denn schreiben wollen, wenn es anders wäre, die Misere der Bettlägerigen hat sich in der Literatur mittlerweile mehr als erschöpft.

Der Schalk in seinen Augen tröstet mich. Etwas trüb

sind sie geworden und er selbst seit dem Tod des Vaters weniger leichtfüßig; doch ist er noch immer der einzige Mensch, den ich kenne, der sich das Leben nie zu sehr zu Herzen nehmen könnte. Sein Sterben malte ich mir aus, als ein Auflösen in Luft, ein letzter Jux, so fern ist jeder Gedanke, er könne alt werden und von Krankheit und Gram geplagt.

Ich bin mir lange Zeit sicher gewesen, sie aus einem Leben befreit zu haben, das ihr ein Gefängnis war. Etwas ganz Bestimmtes hielt uns zusammen, ließ ein Gefühl des Trostes zurück, wenn wir uns für den Tag verabschiedeten. Das zählte für die Leben, die wir unabhängig voneinander verbracht hatten, und holte uns ein, als wir sie zusammenführten.

Gehen wir gemeinsam essen, lasse ich zuvor Wasser in die Wanne, ich ziehe ihr die Kleider aus und setze sie hinein, führe den Duschkopf an ihrem Haaransatz entlang bis zu den Spitzen, massiere ihr die flüssige Seife mit den Fingerspitzen in die Kopfhaut ein, während ich mit meinen Geschichten gegen das Toben der Kinder vor der Tür ankämpfe. Ich wasche die Seife aus, greife das Handtuch vom Wäschekorb und lege das nasse Haar hinein, noch feucht flechte ich es später zu einem Zopf, den ich ihr im Nacken zu einem Knoten einlege.

Ihr Körper fügt sich meinen Bewegungen, sie legt den Kopf tief in meine Hände, ich sehe ihr Gesicht kein einziges Mal, wüsste um nichts, was sich während dieses Rituals darin spiegelt. Nur selten spüre ich die Vibration ihrer Stimme durch meine Handflächen, sie ruft zu den Kindern oder lacht über meine Erzählungen, es ist ein ausholendes, tiefes Lachen, das lange nachklingt und von dem ich zehre, immer dann, wenn ihr Schweigen einsetzt, ihr langes Grübeln, in das sie mich nicht einlässt.

Kann ich nun nicht schlafen, sticht ihr Geruch in meine Nase, versuche ich ihm mit dem Gang auf den Balkon zu entgehen. Am Hals einer anderen Frau riechend, vergesse ich ihn beinah völlig. Meinem Leben aber kann ich nur kurzweilig entschwinden. Kaum fällt die Tür ins Schloss, hinter der ich früher nach Hause gekommen bin, empfängt mich die Gewissheit, die erinnerten Tage an meine späte Jugend in dieser Stadt, und deren innewohnendes Staunen über die Möglichkeiten eines Menschenlebens, Tage, in denen ich das Lesen und Schreiben richtig erlerne, einen Freund finde und unschuldigen Gefallen an Mädchen, können die anderen, das ewig sich hinziehende Heute, nicht aufwiegen. Findet sie nachts ohne mich in den Schlaf, wird mir bewusst, dass ich ein Gebilde meines Erinnerungsvermögens geworden bin, verloren gegangen in meinen gelebten Tagen; alles in der Gegenwart scheint mir berührt und verseucht durch diese Erinnerungen an die Zeit mit ihr, keinen Stein kann ich umdrehen und keine Kante eines Buchs entlangfahren und diese simple Handlung als solche belassen. Jeder Schritt und jeder Fingerzeig haben nun eine Bedeutung, die ihnen nicht zusteht.

Hinter einem Fenster ohne Gardinen, ein brauner Schopf zwischen fremden Schenkeln, davor die Ausleuchtung einer Route für Vagabunden und Scheuflüchtige, Februar 1965:

Ein junges Pärchen kaufte das Haus. Nachdem meine Mutter gestorben war, zog ich in Erwägung, es abreißen zu lassen, bis sie mir die beiden aufschwatzte, mit eiserner Geduld und unter dem Rauch unzähliger filterloser Zigaretten, deren Übelkeit erregende Wirkung mich schließlich notgedrungen zu einer Besichtigung einwilligen ließ; wenn du weg bist, wird es keinen Unterschied mehr machen, ob es noch steht oder nicht, sagte sie, Menschen mögen knarzige Häuser, mögen es, wenn der Boden von Geistern spricht, und ich weiß das, in Räumen zu leben, die eben erst geschaffen wurden, ist beängstigend, und still ist es, so still, dass dich alles schreckt, und erwartungsvoll sind diese Räume, und was will man ihnen erzählen, mit was sie beschriften, mir fällt doch gar nichts ein.

Ich verstand sie nicht. Das Gelächter ihrer Gäste drang mir in die Ohren, die Anekdoten dieser verschwindend kurzen Anwesenheit fremden Lebens, dessen sie nicht müde werden konnte.

Ihre Gedanken, ihr Blick aus dem Fenster und eine Frau mit zehn unbeschadeten Fingern, als welche sie sich selbst zeitweise vermisste, nun auseinandergerissen, wohnhaft in drei Dutzend Schachteln auf einem Dachboden voller Ramsch und Gold; in Anbetracht dessen, wer sie für mich war, wollte ich nicht nachvollziehen, dass sie auf Geschichten hoffte, die ihrer eigenen entgegentraten, sie unbedeutend machten und zum Verschwinden brachten.

Als die beiden über die Schwelle traten, drehten sich ihre Köpfe, seiner ging nach links, ihrer nach rechts, und schwenkten dann über das alte Parkett und den Steinboden, an den Wänden entlang und zu den Decken, ich spürte, wie Scham in mir aufkam für dieses zerfallene Haus, die Ritzen und Löcher, und keine Stelle schien sicher zu sein davor; aber das Einzige, was ihr Blick offenbarte, war eine Verliebtheit, ein Staunen gar. In Gedanken und Worten begannen sie, jedes Zimmer nach ihren Vorstellungen einzurichten. Sie sagte, hier die Pfannen, und er, hier das Bett, hier der Schrank, und sie wieder, hier der Schreibtisch, direkt am Fenster, ich möchte ihn hier, genau auf dieser Diele.

In ihrer Anwesenheit sprach ich diesen Wänden ein Eigenleben zu, brachte es nicht über mich, diesem Haus die Möglichkeit zu verwehren, weitere Kapitel zu spinnen, neue Geschichten zu beherbergen.

Ich gab es frei.

In den Wochen bevor sie einzogen, waren sie häufig zu Gast und ich kochte ihnen Kaffee, wir redeten über vieles, belesen schienen sie mir, erdig auch, ich fragte sie, weshalb dieses Dorf, dieses Haus, diese Abgeschiedenheit, und beide entgegneten mir, wegen dieser Stille, wegen diesem rauen Land, dem seien sie verfallen, und sie wollten die Stadt hinter sich lassen, endlich, nach all den Jahren, dieses Eingepferchtsein, das mache einen doch krank. Mit diesen Worten reichten wir uns die Hände, tauschten wir die Plätze, ich, dem nichts eine solche Gesundung brachte wie das Getümmel, die Stimmen, der Gestank, das Geläuf, die Tauben, ich bin ihres Gurrens, ihres Drecks nie überdrüssig geworden.

Manche Möbel behielten sie. Mutters Hinterlassenschaften verschlang das Kaminfeuer, ich verfütterte ihm alles Brennbare, die wenigen Fotos, unsere alten Kinderkleider, das zu Feuerholz geschlagene Bett, in dem wir zu fünft geschlafen hatten, in dem sie zuletzt gestorben war, Peters erstes Schulbuch, die Wiege, in der nacheinander alle vier Kinder gelegen hatten, mit diesen Geistern wollte ich nicht leben müssen.

Dem jungen Pärchen vermachte ich das Geschirr, sie fanden Freude an den bemalten Tellern und Tontassen, eine war von meiner Schwester gefertigt worden, ich nahm auch sie nicht mit, ich fuhr über diesen ausgestülpten Rand, die braune Lasur, so bedeutungslos schienen mir all diese Erinnerungen an meine Familie in dem Augenblick.

Nur was mit mir gekommen war, fand seinen Weg wieder aus diesem Haus. Nachdem ich meine kranke Mutter über acht Monate hinweg gepflegt hatte, fühlte ich nun den Schmutz und den Geruch der Krankheit, die sich an meine Haut geheftet hatten, und das Bedürfnis, dazu noch viele Jahre abzuwaschen, diese Dinge, über die ich nun Herr war, nichtig werden zu lassen.

Sie bat mich nicht zu bleiben; ich bat sie nicht, mit mir zu kommen. In der Zeit, bevor ich ging, sahen wir uns selten. In ihrem Haus waren viele Leute zu Gast, deren Bewirtung ihr große Freude bereitete, einmal besuchte ich sie, das Geschick, mit dem sie die Arbeit verrichtete, imponierte mir, ihre verbliebenen Finger waren so flink, dass mir die Unvollständigkeit ihrer Hand nicht mehr länger auffiel, und der Lärm war groß, dieses Klirren und Scheppern, aber sie selbst war ganz ruhig, in dieser eigentlichen Stille wusste ich plötzlich, ich nähme auch eine Lücke mit nach Hause, etwas, das mir in meinem neuen Leben fehlen würde, sie.

Am Bahnsteig glaubte ich, ihr Gesicht zu sehen. Ich hielt meinen Koffer fest umschlossen, bis der Zug einfuhr, in der Ahnung, ein Teil von mir möge ihn vergessen wollen, und ich hätte ihn ihr gelassen, damit ihr meine Kleider und Bücher als Erinnerung blieben, hätte sie mich nicht auf die Eigennützigkeit eines solchen Vorhabens aufmerksam gemacht und mehrmals betont, sie wolle überhaupt nichts von mir, außer dass ich aus ihren Gedanken verschwinde. Verabschiedet hatten wir uns in gegenseitigem Einverständnis nicht.

Stand sie da, fragte ich mich, sah sie mir zu, wie ich ging, war es nur ein Wunschgedanke, der mir Streiche spielte, war es das stille Aufbegehren gegen dieses unwürdige Ende, eine nichtssagende, klirrende Kälte, ein Bahnsteig, der bloß Flüchtende beherbergte, an dem es stets schien, als stiege nie eine Menschenseele aus, und auch ich würde nicht wiederkehren, ginge tatsächlich für immer. Reue befiel mich, nicht öfter an ihr gerochen, nicht ihre Lippen geküsst zu haben. In diesem Moment, da ich ihr Gesicht zu sehen glaubte, schien alles an ihr so kostbar, und ich schämte mich, nicht wertgeschätzt zu haben, nicht inniger, nicht so, dass ich nun einen Teil davon mitnehmen konnte. Es hätte eines kleinen Verbrechens bedurft, einer Verwerflichkeit, der wir uns zu verantworten hatten, um auch für andere zu gelten, tatsächlich gegolten zu haben.

Diese Bilder, wieder diese Flut zu Stein erstarrter Erinnerungen waren zu viel, waren mir nicht genug.

Ich setzte mich ans Fenster, nahm den Koffer auf meinen Schoß, hielt ihn weiter fest. Sie stand am Bahnhofseingang und sah mir zu, wie ich sie betrachtete. Sie stand tatsächlich da. Nicht wartend, ich möge mich anders entscheiden, nicht hoffend. Sie sah mich an, bis der Zug sich in Bewegung setzte und mich von ihr wegtrug, immer weiter, bis nichts mehr von ihr und diesem Ort zu sehen war, bis ihr die Freiheit zuteilwurde, mich vergessen zu dürfen, mein Gesicht, meine Gestik, mein Gebärden, und ich wusste, nein, ich könnte es nicht, ich nahm alles von ihr mit mir, jedes Wort, das sie je an mich gerichtet hatte, jede feine Berührung und jeden Schritt, den sie vor meinen Augen getan hatte.

Meine Mutter hatte ihr geglaubt. Mit einer Halskette aus diesen Fingern ist sie gestorben, wie also kann diese Trennung möglich sein, fragte ich, aber die Welt vor diesen Fenstern gab mir keine Antwort.

*

In der Stadt leben die Geister. Ein junger Mann, der nicht mehr läuft, bleibt hinter meinen Schritten zurück und ruft mich zu sich. Ein kleiner Junge greift um sich und greift unmittelbar vor mir ins Leere. Eine Mutter, die blind geworden ist, kriecht mit ausgestreckten Armen neben mir her und raunt in einer Sprache, derer ich nicht mächtig bin.

Ich dränge mich zwischen die Menschen in die Straßenbahn, gehöre nicht zu denen, die an den Haltestellen zurückbleiben und auf die nächste warten, in der Hoffnung, noch einen Platz zu finden, und die wenigsten tun das, hier eilt alles, was Beine hat. Ich springe auf. Ich dränge mich zwischen all die Arme, Wohlstandsbäuche und Gesichter und den Gestank, einen Gestank, wie ihn nur die Stadt verströmen kann, und nehme jeden Stoß und jeden Ausruf des Unmuts an. Die Nörgeleien der Städter, ihre Gesichter, die vom Wetter nicht gegerbt wurden, höchstens vom Alkohol, ihr ledernes Schuhwerk, das auf den Straßen klingt, und dieses Drängeln, dieses unaufhörliche Rauchen, überall zünden die Streichhölzer, dieses Zuviels an Leben kann ich nicht müde werden.

Ich suche meinen alten Lehrmeister auf. Feinen Wein bringe ich mit und teure Schokolade. Er heißt mich mit ausgebreiteten Armen willkommen, bittet mich zu Tisch in seiner kleinen Stube, und wir trinken zusammen, trinken alle drei Flaschen leer. Seine Frau setzt sich dazu, sie seufzt tief, wie man mit einem solchen Reichtum umgehe in dieser Stadt, das entziehe sich jeglichem Verständnis, gestern wieder, da habe der Geschäftsleiter sie auseinandergenommen, nachdem die alte Frau in ihrem schäbigen Mantel gegangen war, ob sie denn nicht wisse, wer das sei, und sie habe entgegnet, nein, wie könne sie auch, der Wohlstand tarnt sich, fährt Fahrrad und fährt mit der Straßenbahn und tut sowieso alles, was das gemeine Fußvolk auch tut. Wenn sie reich wäre, verschleudern würde sie das Geld, himmelhoch jauchzend zum Fenster rausschmeißen, und mein Lehrmeister sieht sie an, küsst zärtlich ihre Stirn, ja Liebes, sagt er, vielleicht ist es gut, dass wir nicht reich sind, meinst du nicht auch.

Bei ihnen finde ich eine Bleibe, schlafe wieder in dem alten Bett ihres Sohnes, der einen Steinwurf von ihnen entfernt eine kleine Dachgeschosswohnung bezogen hat, mein gescheiter Bub, sagt seine Mutter stolz und zeigt mir alte Bilder von ihm, der Erste in der Familie, der studiert, Rechtswissenschaften, davon versteht die ganze Sippe nichts, und neidisch sind sie, das könne ich glauben, denen ströme der Neid zu den Augen, Ohren und Mündern raus. Wie geduldig er dabei bleibe, nie sei er sich zu schade, es den anderen erklären zu wollen.

Am ersten Abend in seinem Zimmer ordne ich das Diebesgut, das er mir während meiner Zeit im Krankenhaus hat zukommen lassen. Ich hebe den Hörer des Telefons auf dem Nachttisch und wähle seine Nummer, schlicht nur berichte ich von meiner Rückkehr, und kaum zehn Minuten später steht er in meiner Tür, wir gehen trinken zusammen, bis alle Erinnerungen in meinem Kopf einem tonlosen, bildlosen Rausch zum Opfer fallen.

In dieser Stadt, in diesem neuen, wohlbekannten Leben, wird er mein erster Freund. Er, der mich ohne den Spiegel der anderen kennt, und er, dem gegenüber ich sein kann, wer auch immer ich sein will.

*

Ich erzähle meinem Freund von ihr, womit sie zur Geschichte wird, zu etwas Fassbarem, das ich teile, um nicht in schwachen Momenten mutwillig Zweifel zu erheben, vielleicht einst meiner Fantasie zu erliegen. Mit niemandem habe ich zuvor über sie gesprochen; eigentlich gab es keine Menschenseele außer uns beiden, die wusste, was hinter verschlossener Tür, in Anwesenheit meiner sterbenden Mutter, vor sich ging. Wäre sie nun bei mir, empfände ich den Drang wohl nicht, dieses Schweigen zu brechen. Unbedingt möchte ich doch, dass nicht ungehört bleibt, nicht von der Welt verschluckt wird, welche Lücke sie mir mitgegeben hat, indem sie zurückgeblieben ist. Sie durch Worte aus diesen Erinnerungen treten zu lassen, macht sie mir lebendig und unsere gemeinsam durchlebte Zeit zu einer unumstößlichen Gewissheit.

Er hört mir zu. Kaum zu atmen traut er sich. Seine Augen dringen ein in diesen Tisch und sehen das sonderbare Gewächs, welches unsere beiden Kaffeetassen geformt haben, er hört sie sagen, wach auf, komm zurück, und meine Wortlosigkeit in ihren Armen, die hört er auch, mein hemmungsloses Versinken in Trauer über all die verwaisten Hinterlassenschaften meiner Mutter.

Er sagt, gefangen in der Erinnerung zu sein, sei ein Sklavenzustand und der Leichtigkeit dieser Tage nicht würdig. Er selbst habe nie den Wahnsinn erleben müssen, einer Frau zu erliegen, er wolle am liebsten auch mich aus dieser Halbwelt zerren, aus diesem Traum wecken, den ich fälschlicherweise als Realität angenommen habe. Die Liebe sei ein verwerflicher Trugschluss. Könnte ich diese Zeit mit ihr tatsächlich noch einmal erleben, er sei sich sicher, der Zauber, den ich nun dort wohnhaft glaube, verflüchtigte sich augenblicklich.

Er nimmt mich mit zu später Stunde, wenn er sich zum Luftikus wandelt, in einen Kosmos, der zelebriert, dass ein rascher Konsum des Lebens den Herzschlag hält, dass vergessen werden soll, was Wehmut mit sich zieht.

Es gibt nun beinah keinen einzigen Moment, da er nicht bei mir ist. Die Stunden im Geschäft seines Vaters, wo ich nun wieder die schütteren Haare älterer Männer schneide und sie rasiere, sieht er mir vom Familienbild über der Kasse aus bei der Arbeit zu. Seine wachsamen Augen ruhen auf meinen Fingern, auf meinem Mund, er lächelt nicht, gleichsam ist kein Argwohn in seinem Blick, vollkommen konzentriert wirkt er, nicht der Freude Ausdruck zu verleihen, die ihn starr wirken lässt, als habe ihn eine lähmende Apathie befallen, eine Freude, die tief nicht gründen soll, um sie aufrechtzuerhalten.

Abends erwacht er wieder zum Leben, sitzt mir in Fleisch und Blut gegenüber und gemeinsam lassen wir den Tag Revue passieren. Frauen gesellen sich an unseren Tisch, denen gegenüber wir nicht zimperlich sind, die wir mit großen, uns selbst fremden Gesten in Gespräche einladen, ohne ihnen Gehör zu schenken. Schalkhaft umgarnen wir sie, betäuben sie mit rauen Mengen Alkohol, lassen uns in ihr Haus und ihr Bett bitten.

Eine tiefe Leere liegt in dieser schnellen Liebe. Er scheint ganz davon zu zehren. Seine Bescheidenheit, seine Ruhe vergisst er in diesen Momenten. Einmal sagt er mir, der Geruch einer Frau sei ihm ein einziger Rausch, alles, was ihn ausmacht, vergesse er im Moment, da sie in seine Nähe tritt, und als glückselig empfände er sich selbst, dass ihm nicht eine einzige unvergessen bleiben könne. In diesen Nebel versinkend, verließe ihn jegliche Sorge gänzlich ungefragt.

Den Frauen kann ich über Nacht nicht bleiben. Seine Worte klingen mir noch in den Ohren, als ich mich zu meinem Zimmer aufmache, verlassen mich auch dort, inmitten all seiner Kindersachen, nicht. Ich dämmere mit halb geöffneten Augen weg, erwache am nächsten Morgen jäh im Gefühl, beobachtet zu werden.

Zwischen fremden Schenkeln vergesse ich nichts. Ich gehe in dieser Geisterwelt verloren, in der ich auch sie langsam zu sehen glaube, schemenhaft, aber mit jedem Mal deutlicher.

Sieben

Mein Bruder lebt in derselben Stadt wie ich. Es ist nun fast zwei Jahre her, dass ich ihn das letzte Mal gesehen habe. Noch weiter zurück liegt die Zeit, als er der war, an den ich mich erinnere, wenn ich die Schneekugel auf meinem Fensterbrett umdrehe.

Wir sind beide nicht die leiblichen Kinder unseres Vaters. Wir wurden gezeugt von einem Mann, über den meine Mutter nie sprach. Ich erahne, dass es nicht Groll ist, den sie ihm gegenüber hegt. Es ist die Idee, wie ihr Leben auch hätte verlaufen können, die sie zu ihrem Stillschweigen zwang.

Als junger Erwachsener ging mein Bruder der Welt, die seine Teilnahme und Gesundheit verlangte, in immer kürzer werdenden Abständen abhanden. Anders als unsere Mutter bekämpfte er seine Zweifel nicht mit Tränen. Er wirkte versteinert, in der Zeit gefangen, ehe das Bewusstsein für seinen Zustand ein Ausmaß erreichte, in dem er nur noch Wut empfinden konnte.

Als er in der Klinik lag, besuchte ich ihn nur ein einziges Mal, wenige Wochen vor meinem Umzug in die neue Wohnung. Danach ignorierte ich die Anrufe meiner Mutter und löschte seine Nachrichten, in denen er mich um Unterstützung bat.

Er war das erste Versatzstück, das ich von meiner Kindheit ablegte. Ich greife es noch einmal auf, indem ich von ihm erzähle. Ich bin versucht, von nun an für ihn da zu sein, ehe ich mich dieser Möglichkeit gegenüber verschließe und nicht mehr in sein Leben zurückkehre.

*

Als mein Bruder zur Welt kam, fand sich in seinem Nacken ein rötlicher Fleck. Unser Vater fotografierte den auf dem Bauch schlafenden Säugling, ehe das Geburtsmerkmal verblasste. Das Bild hängt wohl noch heute im Gang der Wohnung, neben der Garderobe.

Viele Besucher haben es noch nie gesehen; kaum treten sie zur Tür ein, werfen sie ihre Jacke und ihren Schal auf die spitzen Haken und verdecken es so. Es wäre ihnen wohl auch kaum verständlich, warum mein Vater und mein Bruder in diesem Bild eine Zartheit finden, eine Erklärung für ihre gegenseitige Zuneigung, die ich mit ihnen nicht teile.

Es gibt einen Namen für solche Flecken. In Anlehnung an das Märchen, welches man Kindern über ihre Herkunft erzählt, nennt man sie Storchenbiss. Die Hebamme erklärte dies unserem ängstlichen Vater, der das Neugeborene krank glaubte und es, an sich gedrückt, nicht in fremde Hände zurückgeben wollte. Ihm gefiel, was sie sagte. Etwas Wahres lag in diesem rötlichen Fleck. Wie ein Geschenk, ein Mitbringsel lag dieses Kind an seiner Brust. Es war ein Gefühl, das sich bei meiner Geburt nicht wiederholte.

Mich hatte er sich gewünscht. So beschrieb er es, als ich ihn einmal darauf ansprach. Er hatte mit meiner Mutter im Bett gelegen, der schlafende Junge zwischen ihnen. Er hatte es zuerst gesagt: Ich möchte ein Geschwister für den Kleinen.

Mein Bruder und ich wurden vom selben Mann gezeugt. Wir fragten nicht nach, wie es dazu gekommen war, und haben jeder eine eigene Erklärung parat. Wir tauschten unsere Gedanken dazu nur selten aus. Es führte jedes Mal zum Streit.

Von meiner Mutter unentdeckt traf ich den leiblichen Vater eine Zeit lang jedes Jahr zu Ostern. Er ist groß gewachsen, breitschultrig und stets irritierend farbenfroh gekleidet. Ich sprach ihn beim Vornamen an.

Unsere kurze Zeit zusammen lockte die Empfindung hervor, durch seine Abwesenheit etwas verpasst zu haben. Er hat ein sanftmütiges Wesen, ist großzügig und höflich im Umgang mit seinen Mitmenschen. In Gedanken male ich mir noch heute Erinnerungsfetzen aus, die nicht wahr sind und die ich dennoch hüte, als seien sie tatsächlich passiert und damit überaus wertvoll.

Ich las Bücher über den Kulturkreis, aus dem er stammt, und versuchte seine Muttersprache zu lernen, um eine Annäherung zu schaffen. Er rief mich nur selten zurück, wenn ich auf seinen Anrufbeantworter sprach.

Den ständigen Wechsel zwischen Interesse und Ablehnung mir gegenüber konnte ich nicht deuten.

*

Ich ließ die meisten Dinge zu Hause, als ich bei meinen Eltern auszog. Meine Mutter kaufte mir das große Bücherregal. Ich schlief im verwaisten Bett meines Vormieters, der es nun als zu klein erachtete für zwei. Die alte Matratze legten wir zum Sperrgut und suchten sorgfältig eine neue aus. Meine Mutter kaufte mir Bettwäsche und Vorhänge. Mein Vater legte kleine Pakete mit Handtüchern, Seife und Zahnbürste auf meine Türschwelle. Mit meinem Bruder zusammen hievte er unter lautstarken Klagen den Esstisch die drei Stockwerke hinauf bis in meine Küche.

Meine Mutter und ich hängten Bilder an die Wand und rückten sie unaufhörlich wieder gerade, bis ich irgendwann dazu kam, mich zu fragen, ob es nicht das Fundament sei, welches sie schief erscheinen ließ, und nicht unsere mangelnde Handwerkskunst.

Ich pflasterte die Wände mit Schnappschüssen. Um die Bilder ordnete ich sie sorgfältig an. Keiner dieser eingefangenen Momente schmeichelte meinem Gesicht; durch glasige Augen stierte ich der Kamera entgegen, tanzte gedankenverloren zwischen verschwitzten Armen und auseinandergebogenen Beinen anderer, zeigte eindrücklich meine Zahnreihe, schlief tief auf einer fremden Couch, während um mich noch alles festete.

Andere waren in ihrer Ruhe erwischt worden, in einem Moment des Nachdenkens oder der schlichten Abwesenheit jeglicher Gedanken. Sie hatten wirres Haar und verkniffene Augen. Schöne Kleider verrutschten unglückselig mit jedem entleerten Glas und vorgegebene Konstellationen verschoben sich.

Diese Schnappschüsse erzählten von unserer gemeinsamen Zeit so, wie wir sie in Erinnerung behalten wollten: in Momenten bloß, um die herum wir uns den Rest erdenken durften.

Von meinem bescheidenen Lohn kaufte ich mir in der Brockenstube alte Lampen und leuchtete die Wohnung sorgfältig aus. Sie war ein von mir und all den Leuten, mit denen ich mein Leben teilte, perfekt angefertigtes Zuhause.

Eine Straßenecke an regnerischem Tag, Schauplatz eines zufälligen Treffens zweier Geistergestalten, Februar 1982

Meinem Blick entgeht er. Ich laufe vorbei und in Gedanken schon über die Schwelle meiner Tür, als er mich zu sich ruft, mit jener Zärtlichkeit, jener rührenden Unschuld in der Stimme, die ihm auch als erwachsenem Mann nicht verloren gegangen ist. Bestimmt gibt es in meiner Erinnerung kein einziges Bild von ihm, auch nicht jene, die ihn in all seiner Schweigsamkeit zeigen, in seiner Scheu oder seinem sonderbaren, wortlosen Stolz, welches diese Stimme nicht mit sich trägt. Ich höre sie selbst hinter verschlossener Tür durchklingen, wenn er sich in unruhigem Schlaf wälzt; dringe ich in Gedanken ganz ein, ist sie das einzige Geräusch, was ich mit mir nehme.

Wie ich nun im Pulk verschwinde, so ist er früher den Tagen beim Laufen abhandengekommen. Er hat sie in kurzen Intervallen ungefragt verlassen. Er ist dieser endlosen Strecken nie müde geworden, obwohl seine Füße bei Weitem nicht so gnädig mit ihm waren wie meine mit mir. Seine Zehen sind gebrochen und in alle Himmelsrichtungen wieder zusammengewachsen, übereinander und feindlich gegenübergestellt, bis sich die Nägel ins Fleisch gegraben haben. Diese Zehen, dessen war ich mir als Junge sicher, besaßen ein Eigenleben, und ihnen war nicht ganz geheuer, wohin sie all die Tage gescheucht wurden.

Er fragt mich nach einer Zigarette. Für einen kurzen Moment glaube ich, er hat mich nicht erkannt, und ich lasse mich dazu hinreißen, es dabei zu belassen. Ich nestle mit gesenktem Kopf in meiner Jackentasche und strecke ihm das angefangene Päckchen entgegen.

Du musst schon näher kommen, *Bueb*, sagt er, so weit mag ich nicht reichen.

Als ich mich ihm zuwende, lächelt er. Dieser Ausdruck auf seinem Gesicht, das der Stimme entgegen alt geworden ist und durchzogen von tiefen, erzählenden Linien, berührt mich. Ich bin mir sicher, ihn auf keinem der mir bewahrten Bilder lächeln zu sehen.

Wir haben fast sechs Jahre miteinander geteilt. Das ist ungemein viel länger, als ich meinen kleinen Bruder gekannt habe. Setze ich es in Relationen, ziehe ich diese mühselig zusammengezurrte Ansammlung immer gleicher Tage wieder auseinander, ist es die längste bewusst wahrgenommene Zeit, die ich je in gleichem Maße mit einem Menschen geteilt habe. Ihm gegenüberzustehen und mir dessen bewusst zu werden, stellt der Szenerie für einen kurzen Moment jeglichen Ton ab, friert unsere minimen Bewegungen ein, und selbst das Zittern meiner ausgestreckten Hand hält achtsam inne, als wüsste sie um diese Notwendigkeit.

Ich habe den Menschen, die mir nahestehen, nur wenig erzählt über mein Heranwachsen auf dem Bauernhof. Ein anderer Verdingbub, dessen gebrochener Rücken für etwas steht, das Außenstehende allzu schnell in einen Sog aus Mitleid und Unverständnis ziehen würde, kommt in meiner Geschichte nicht vor.

Er schweigt sich über seine Vergangenheit ganz aus, spricht nicht über diese Zeit und ihre dazugehörigen Menschen, niemand, mit dem er nun seinen Alltag teilt, weiß von mir.

Noch ist es eine Vergangenheit, für die wir uns schämen. Verschwindend wenig steht geschrieben über andere Namen, Orte, Gesichter, Worte, Details, alles zur Verfügung stehende schmückende Beiwerk, um diesen Kern existierend, der die gleiche Geschichte erzählt wie die unsere.

Nicht einmal meiner Frau gegenüber kann ich es in Worte fassen, es bleiben Satzfetzen, zusammenhangloses Geschwätz. Sie ist gescheit genug, es zu einem Ganzen zu fügen, nimmt jedes Wälzen im Schlaf in ihre Beobachtung auf, die schmerzlich nah an allem ist, was ich als wahr bezeichnen würde.

Er und ich dürfen unsere zufällige Begegnung an dieser Straßenecke nun als das Geheimnis zweier Männer behalten, die aus einer Erinnerung getreten sind und ihr dadurch nicht mehr ganz gehören. Es ist uns jederzeit erlaubt, den anderen zu vergessen; niemand würde sich bei uns nach dessen Verbleib und Befinden erkundigen.

Er fragt mich nach Peter. Er kann sich an meine unruhigen Nächte erinnern, da ich im Schlaf von ihm gesprochen habe. Er sagt, es mache ihm Angst, wenn er daran denke, dass ich der Einzige sei, der noch eine Erinnerung an das kleine Kind habe. Er frage sich, wie viel Zeit nach seinem eigenen Tod verstreichen würde, bis es niemanden mehr gebe, der noch wisse, dass er einmal da gewesen sei.

Es sei schwer vorstellbar, dass es Fotos von ihm gäbe, er könne sich nicht daran erinnern, zum Lächeln aufgefordert worden zu sein. Mit der Zeit, da schwinde das Vermögen der Hinterbliebenen, sich bildlich zu erinnern. Er wisse auch nicht, wen er als solches bezeichnen dürfe. Er wisse nicht einmal, wer zurate gezogen würde für den Fall, dass es einen Stecker zu ziehen gälte. Ein kurzer Schreck geht ihm übers Gesicht, die Hände verkrampfen sich in seinem Schoß, ehe er unerwartet wieder lächelt. Eigentlich sei es unsinnig, Angst vor einer Sache zu haben, die einen ja überhaupt nicht betreffe. Welcher Tote habe sich denn je darüber beschwert, vergessen worden zu sein.

Ich betrachte ihn in seinen simplen Gedanken versunken. Er bohrt im rissigen Leder seines Rollstuhls, den er mit Schals und Klebern geschmückt hat, setzt ein paar Mal zu sprechen an und hält vor dem ersten Wort noch inne, senkt den Blick wieder, murmelt zu sich selbst. Ein Bart ist ihm gewachsen, zottelig und fast weiß schon.

*

Während eines Schlafs, der mich weniger noch als in anderen Nächten bei sich halten konnte, ist er aus der Tür gegangen. Er machte keinen Plan zu seiner Flucht. Die gescheiterten Versuche zuvor genügten in seinen Augen für ein Gelingen. Er lächelt an dieser Erinnerung hangelnd unter seinem Bart, er sagt, er sei überzeugt davon gewesen, es stünde ihm nach diesen Misserfolgen zu, ein letztes Mal davonzulaufen. Weiter als die Male zuvor. Nicht in die Arme derer, die im Dunkel auf Streuner wie ihn lauerten. An Mündern vorbei, die er in Eile nach nichts fragen würde. Keine offene Tür als Einladung zu nehmen und sich nicht versucht zu fühlen zu verweilen und mit der Zeit nur nach wenig zu fragen, nur nach etwas mehr als das, was *Muetr* und *Vatr* ihm zur Verfügung stellten.

Am Abend zuvor hatte ich ihn beobachtet, wie er um Stillschweigen bittend seine Füße einfettete und streichelte, macht mir keinen Schmerz, bevor er sie in dicke Wollsocken packte. Kein Schnarchen drang in dieser Nacht aus seinem Zimmer, er hatte sich vollkommen ruhig auf den Boden gelegt und darauf gewartet, dass der *Vatr* und die *Muetr* schlafen gingen.

Ich hörte, wie die Tür ins Schloss fiel. Er schlich sich nicht davon. Er vertraute darauf, schneller zu sein als der *Vatr,* sein blonder Haarschopf verlor sich in der Dunkelheit, dem Gebrüll davongerannt, einer Wut so gewaltig, als sei alles Wertvolle mit dem Gang dieser zarten Stimme vom Haus abgebrochen und zerschellt. Ich hörte das Stampfen des *Vatrs* und Toben aus der Weite. Als er die Stufen hochkam, war ich mir für einen kurzen Moment sicher, das Holz zerberste unter seinen Füßen.

Ich spürte den warmen Urin über meine Schenkel rinnen, unter einem Zittern ausgeschlichen, dem ich mich nicht entziehen konnte. Er zerrte mich an den Handgelenken hoch und stellte mich auf die Füße. Er sah mir in die Augen, kurz und ohne Laut, bevor er mich auf die Knie stieß. Ich konnte *Muetr* hören, wie sie mit den Fäusten an die Tür hämmerte, nach ihm rufend. Ich versuchte mich in meine Gedanken zu hangeln, meine Anwesenheit auszuhebeln, kurz diese feine, zerbrechliche Stimme streifend, die ich um ihren Widerwillen beneidete, in diesem Moment zum ersten Mal. Doch holte mich jeder Schlag und jedes Brüllen aus meinen Versuchen, ich verlor mich unter seinem Treten, Schwitzen, dieser tiefen, ungnädigen Stimme entging ich nicht.

In dieser Nacht haben beide *Bueben* etwas verloren, er und ich. Als ich in meiner Tasche wühle, die zuvor eingesteckten Zigaretten nicht mehr finde, realisiere ich es. Ich möchte mich neben ihn setzen und aufschreiben, weil ich weiß, dass sämtliche Gedanken, die ich in diesem Moment empfinde, mich im Moment des Auseinandergehens wieder verlassen werden.

Darüber schreibe ich, wie man nie wissen kann, ob man den Nachtstunden unbeschadet entgeht. Sie tragen etwas mit sich, das die trügerische Sicherheit des Tages schlicht verschlingt. In ihnen scheinen gewisse Grenzen ausgehebelt und all die Lichter abgedreht, unter deren Blick wir sind. Nicht so, wie in der Nacht. Die Dunkelheit hält mich wach. In ihr warte ich.

In dieser Dunkelheit sagt sie es mir. Wir liegen nebeneinander. Ich bin schon im Irrsinn eines Traums, bevor ich wirklich schlafe, als sie ganz unvermittelt meine Hand nimmt, die Finger zwischen meine gräbt und spricht. Sie entschuldigt sich nicht, sie spricht hastig und in aller Selbstverständlichkeit, als mache sie eine übereilte Feststellung, nichts von Bedeutung. Dann steht sie auf, rückt ihr Nachthemd zurecht und verlässt das Zimmer. Ich höre, wie sie nebenan auf das Sofa sinkt, und augenblicklich wird ihr Atem leise und gleichmäßig. Ganz tief schläft sie in der Kühle dieses Raums, und als ich sie am nächsten Morgen betrachte, empfinde auch ich für einen Moment nichts mehr als die Ruhe eines Schlafenden.

Nun tut es ihr leid. Den ganzen Tag durch tut es ihr leid und spät noch. Ich bleibe an ihrer Seite. Mit jedem Wort, das ich nicht ungeschönt, sondern liebevoll ihr entgegne, gibt es noch anderes, was ihr leidtut. Sie zieht ihre Reue aus jeder Fensterritze, jedem unbedeutenden Möbelstück, jedem Wort und Handeln, das ihr nun nicht mehr richtig scheint. Als habe sie die letzten Jahre nur im Wahnsinn der Nacht gelebt.

Darüber schreibe ich auch, dass ich zwischen fremden Schenkeln versunken bin, in der Zeit, als sie nicht da war, aber auch, als ich sie jeden Abend neben mir hatte, als sie mir nicht mehr genug war, als ich glaubte, jeden Fingerzeig von ihr vorausahnen zu können, und ihr schönes Gesicht nie meine Gedanken verließ. Ich habe mich nicht daran gewöhnt, aus diesen kurzen Intervallen einer Zweisamkeit getreten zu sein, die einzig in der Nähe meiner sterbenden Mutter stattfanden, und sie nun ganz haben zu dürfen, ohne dass etwas fragt, uns ein Umstand auseinanderzureißen versucht. Ich bin ihres Geruchs überdrüssig geworden, bis mich fremder Schweiß wieder zurückgetrieben hat. In den Stunden, wenn die Stadt erwacht, habe ich sie stets ganz geliebt.

Nun legt sie mir dar, einmal ihre Beine breit gemacht zu haben in einem Zustand des schunkelnden Trunkenseins, nicht mir, und sich zu schämen, ganz fürchterlich, weil daraus etwas entstanden ist, das sich mit dem Vergessen nicht gut verträgt, und damit hat sie etwas aus dieser Nacht hinausgetragen und fassbar gemacht.

Es ist nicht ihre Untreue, an der ich beim Anblick meines Kindes zu nagen haben werde; es ist jene Nacht, an die mich mein Sohn erinnern wird, an den *Vatr,* der mich in seiner Wut und mit seinem Prügel zeugungsunfähig gemacht hat. Ich werde dieses Kind ansehen und es lieben, als sei es mein eigenes, es bleibt mir keine andere Möglichkeit, um die einkehrende Bitternis auszutricksen.

Ich möchte die Liebenden meiner Geschichten nicht mehr zueinanderführen. Die Zeit, in der sie einander waren, muss ihnen genug sein. Ihre gegenseitige Anziehung hat begonnen, mich zu langweilen, mit jeder Seite, auf der ich über sie schreibe, und doch weiß ich wenig anderes, von dem ich erzählen könnte, außer meinem eigenen Leben.

Er sagt, er gewöhne sich gern an Dinge. Er fragt mich nach dem Namen unseres Sohnes und nach seinen Haaren, seinen Händen, seinen Augen. Ich beschreibe ihm dieses junge Kind, das ganz meines ist, beschreibe ihm, wie sie ihn hält, und unvermittelt sage ich, es ängstigt mich, wenn sie ihn aus seinem Bettchen hebt, ich bin überzeugt, er wird ihr einmal aus den Armen gleiten und zu Boden fallen, wie Peter der Mutter aus den Armen geglitten ist, als sie ihren Kummer weggetrunken hat.

Manch einem Menschen ist dieses Leben wohl zu viel, sagt er. Ich entgegne ihm nichts. Ich bleibe bei ihm stehen, wir rauchen die verbliebenen Zigaretten, und als ich mich schließlich von ihm verabschiede und nach Hause gehe, fängt es zu regnen an. Ich lasse eine Handvoll Tränen, kaum aus meinem Auge gefallen und bedeutsam geworden, in diesem Gewitter versickern.

Acht

Mein Bruder war zweiundzwanzig Jahre alt, als sein Wesen sich zu verändern begann. Er wohnte mit zwei Freunden in einer Wohnung unweit von meiner entfernt.

In den meisten Dingen, die ich zu dieser Zeit zu meistern behauptete, war er mir um ein paar Schritte voraus. Er war ordentlich, wusste mit Geld umzugehen und hatte keinerlei Probleme damit, eine gesellige Runde zu verlassen, um damit vor Exzess und bösem Erwachen gefeit zu sein. Er kannte kein Mitleid mit seinen übernächtigten Mitbewohnern, warf um sieben in der Früh den Staubsauger an, wenn sie eben gerade zu Bett gegangen waren, und klingelte auch mich mit Vorliebe aus dem Schlaf, mich für meine vorangegangenen Beschimpfungen, er sei ein Langweiler und Spießer, bestrafend.

Sein Ringen mit sich selbst und die vergebliche Mühe, einen Teil davon im Geheimen geschehen zu lassen, offenbarten sich für uns alle erkennbar. In kleinen Stücken gab die Krankheit sich nach und nach preis. Gerüchte um sein Verhalten gingen um. Viele davon erkenne ich heute als tatsächlich wahr.

Für kurze Zeit liebte er zügellos. Es passte so gar nicht zu seinem vorherigen Umgang mit Mädchen. Triefende

Nasen und zerlaufene Wimperntusche zeichneten dann die Gesichter der Mädchen vor seiner Tür. Sie baten um Einlass. Kaum über die Schwelle getreten riefen sie mit lauter Stimme nach einer Erklärung. Er spielte mit ihrer Verzweiflung, zündete Streichhölzer an, vier, fünf Stück, und sah dabei zu, wie der aufgebrachte Atem seines Gegenübers sie wieder ausblies. Die einkehrende Hysterie der Mädchen ließ seine Mitbewohner hellhörig werden. Erst war es nur sein Schmunzeln, dessen sie Zeuge wurden. Später hielten sie ihn an den Schultern gepackt zurück, wenn er wüst zu reden begann und drohte.

Es dauerte kaum einen Sommer, ehe er sich von den Mädchen ganz abwandte, die ihrerseits fleißig Worte über sein Verhalten verbreiteten. Mit Geschwätz kannte er sich nicht aus. Es erschreckte ihn jedes Mal, wenn ihm zu Ohren kam, wie man über ihn redete.

Statt sich mit Freunden zu treffen, denen er bald misstraute, fing er an zu laufen. Er lief in seinen alten Turnschuhen den Rhein hoch und runter, bis zur französischen Grenze und zurück zur deutschen. Dass ihm auch das keine Ruhe bescherte, erzählten mir seine Mitbewohner, die ihn nachts den Gang auf und ab schreiten hörten.

Sie waren es auch, die Einkäufe und Botengänge für ihn erledigten, als er die Wohnung kaum mehr verließ. Er zog sich ins Zimmer zurück und gab vor, an seiner Diplomarbeit schreiben zu müssen. Ganze Tage lag er regungslos in seinem Bett. Er dachte an nichts. Die zwölf Quadratmeter dieses Raums wiegten ihn in Sicherheit.

Ich sah ihn nur selten während dieser Monate. Er rief mich stets zu Unzeiten zurück. Wenn es überhaupt zu einem Treffen kam, war ich gezwungen, ihn zu Hause aufzusuchen. Dort zeigte er sich beschäftigt, ging auf kaum etwas ein, das ich zu ihm sagte. Dieser Zustand ärgerte mich mehr, als dass er mir Sorgen bereitete, und einmal überkam es mich, ich klingelte an einem Nachmittag so lange, bis er mir die Tür öffnete, und stürmte zur Wohnung hinein. Ein ganzer Wortschwall brach aus mir heraus, ich beschimpfte ihn für seine Ignoranz und Zurückgezogenheit. Er drehte mir den Rücken und bat mich zu gehen. Als ich nach seiner Hand griff, sagte, was ist denn mit dir, wurde er plötzlich laut. Bevor ich die Situation deuten konnte, warf er mich unter lautem Rufen gegen die Wand, er holte aus, und hastig noch versuchte ich ihn zu beschwichtigen, ehe er mir mit der flachen Hand ins Gesicht schlug.

Ich taumelte kurz, richtete meinen Blick vom Boden aus auf ihn und hielt dann inne. Keine Regung nahm von mir Besitz und kein Ausbruch folgte seinem Akt. Wir standen einander gegenüber, er streckte seine Hand nach mir aus, seine Lippen bewegten sich leicht.

Die Welt wurde weiß um ihn. Seine bleich gewordene Haut fügte sich nahtlos in diese unwirkliche Umgebung. Den Eltern hatte er gesagt, dass es ihm gut gehe dort. Er sei froh, nicht mehr der Einzige zu sein, dem das Leben eine solche Angst einflöße, dass es als Ganzes zur Unmöglichkeit werde. Auch die anderen hätten diese Panik. Sie versteckten sich unter ihren Betten, kauerten unter dem Türrahmen und sagten kein Wort mehr. Sie seien ein wenig wie er, wenn auch deutlich wahnsinniger, was ihn beruhige.

Ich besuchte ihn nur dieses eine Mal. Seine Einweisung geschah auf eigenen Wunsch. Er schickte mir viele Briefe, in denen er sich für seine Handgreiflichkeiten mir gegenüber entschuldigte.

Ich setzte mich hinter ihn, dem Fenster zugewandt. Mit einem kurzen Gruß gab ich zu verstehen, dass ich da war, und er nickte, bedankte sich für mein Kommen. Ich ließ die Füße von seinem Bett baumeln und verfolgte, wie der Wind das Herbstlaub von den Bäumen zerrte. Es flirrte in schier endlosem Kampf an den Ästen.

Nur kurz sprach er mit mir. Er sagte, sie seien wie er. Er habe einmal ein Foto von ihnen besessen, auf dem sie jung waren, dreißig vielleicht. Unsere Mutter ist im Jahr, als das Foto geschossen wurde, zu unserem Vater zurückgekehrt. Sie hat niemanden mehr in der Stadt gekannt, obwohl sie dort geboren worden war und mehr als die Hälfte ihres Lebens verbracht hatte. Nicht einmal der eigene Vater wollte sie mehr sehen.

Mein Bruder sagte, er habe sich in ihnen wiedererkannt. Sich selbst bleibe man fremd, verstehe die Welt nicht, die Menschen und ihr Handeln und ihr Gerede. Das zeichne für ihn die Mitglieder dieser Familie aus, ihre Abkapselung und Versehrtheit. Es sei eine Bereitschaft da, gewisse Dinge zu verzeihen, weil man verstünde, aus welchen Beweggründen sie geschehen seien.

Seit er dieses Foto das erste Mal richtig betrachtet habe, sei ihm klar geworden, dass niemand, nie, je verstehen könne, wer er sei, außer unserer Familie.

Er legte seine Hand auf meine und griff fein zu. Was ich für ein schönes Leben habe, bemerkte er, wie hübsch und frei von traurigen Gedanken ich sei, er beneide mich darum.

Auf dem Nachttisch lag eine Karte. Ich erkannte die Handschrift meiner Mutter. Sie zeichnet Herzen statt Punkte.

Ich gab ihm nur mein Schweigen mit, als ich wieder ging. Ich hoffe, er hat der Welt vor diesen Fenstern etwas erzählt, von dem wir alle nicht wissen.

Ein Treppenhaus mit morschen Stufen und gusseisernem Geländer, Räuber zweier arbeitstüchtiger Finger, darüber drapiert ein zusammengesunkener Frauenkörper, September 1960:

Bis in den entlegensten Winkel seines Gemüts stieß sie vor. Lag sie nach vollzogenem Liebesspiel neben ihm, das Herz laut pochend in der Brust, wünschte sie sich, diesen Zustand mit einem Menschen teilen zu können, der in ihr nicht dieselbe Leere weitete, wie er es tat. Sie fragte sich, auf was für ein Leben sie zurückblicken würde, sollte sie an seiner Seite bleiben, all die Tage zu keiner bedeutungsvolleren Tätigkeit gekommen zu sein, als eine Einladung zur Verbundenheit verschwendet zu haben, die ihr überall außer in diesem Zimmer zu warten schien.

Der Anfang ihres Liebesspiels folgte einer Gesetzmäßigkeit, einer Abfolge von Entkleiden und Zieren, die sie in schummrigem Licht am Fenster vollzog, ihm den Rücken und das entblößte Hinterteil zugewandt. Ihm gefiel die Idee, man könne von der anderen Straßenseite aus sehen, wie schön sie war, ohne dass ihm bewusst war, dass sie tatsächlich Beobachter hatten, und sich über diese Erkenntnis eine Eifersucht, ein kurzes Aufkommen von besitzergreifender Regsamkeit legen könnte.

Meist bat er sie darum, auf sein Becken zu steigen, er krallte seine Fingernägel in ihr Gesäß und ihren Rücken, und sie hielt den einen Arm ausgestreckt, die Hand fest um seinen Hals, drückte in jedem Anflug von Schmerz kurz zu. Eine Ernsthaftigkeit lag in diesem Ringen, das mit Schmunzeln, Gelächter und überzeichnetem Aufschreien kaschiert wurde; beide beherrschten sie das Spiel zu gleichen Teilen, die Rollen festgesetzt vom allerersten Mal an und seither kein Abweichen duldend, keine winzige Verschiebung des herrschenden Gefüges.

Sie stieg von seinem Becken, wenn sein Atem sich überschlug, er packte sie an der Schulter und drückte sie tief ins Laken, die beiden Handballen auf ihr Brustbein gestützt, bis sie keuchte und unter seinem massigen Körper zu verschwinden begann. Sie krümmte den Körper, erkämpfte sich jeden Zentimeter, der sie noch kleiner machte; in Gedanken lag sie irgendwann nackt in seiner Handfläche und mit einem simplen Zaubertrick, in einem einzigen Augenblick, war sie ganz fort.

Er holte sie aus ihrer Träumerei, sank über ihr zusammen, ein Schwall Liebesbekundungen kam aus ihm und darauf folgend fahrige, feuchte Küsse in ihr Gesicht, ihren Nacken und ihre Scham, ehe ihn die Müdigkeit befiel und eine einhergehende Wortlosigkeit. Er drehte sich zur Seite und von ihr weg, und sie lauschte seinem regelmäßigen Atem, lange bevor auch sie zu Schlaf fand.

In Gedanken hatte sie ihn dutzendfach schon verlassen. Außerhalb der Monotonie war es ein Einfaches, sich mutig zu glauben, verwegen gar. In dieser erdachten Szenerie packte sie fast nichts in den kleinen Koffer. Sie zog ihr liebstes Paar Schuhe an und ließ die anderen zurück. Sie trug ein dunkelblaues Kleid und roten Lippenstift und einen Hut, unter dem sie ihr schamvolles Gesicht verbarg, den sie im zugigen Wind des Winters festhielt, während die langen Haare sich vom Sturm mitreißen ließen und unter seinem Toben flirrten. Sie nahm den erstbesten Zug und stieg ein. Ein fremder Mann trug ihr den Koffer nach, bis zu ihrem Sitzplatz, wo sie ihn unter ihre Füße legte. Unter dem Rattern der Räder verflüchtigte sich ihr altes Leben, und bevor sie wahrnahm, wie sich die Landschaft vor dem Fenster veränderte, sank sie in tiefen Schlummer, der alle ungelebten Träume hervorklaubte und geschehen ließ.

Saß er ihr gegenüber, kamen diese Gedanken nicht auf. Arbeitete sie an ihren Ketten, Ringen und Ohrsteckern, so dachte sie an nichts. Der Alltag verschlang ihr Aufbegehren. Meist dankte sie ihm dafür.

Zu einer Ruhe fand sie in den späten Stunden nicht. Sie rief nach ihr mit einer Müdigkeit, rief mit zeitweiligen Tränen und bauchigen, entleerten Gläsern, aber sie fand keinen Einlass, nicht für einen Moment.

Schloss sie die Augen, verschwamm die Umgebung um sie und entließ Geister, denen sie ein Gast sein wollte. Das Knarzen der Treppe doch schreckte sie, das feine Pfeifen des Windes durch die Fensterritze, die Fahrräder über dem Asphalt, das Streiten und Tollen der Nachbarn; und es grämte sie, wenn sie dachte, selbst die Geister wollten sie nicht bei sich behalten.

Ihre Ruhelosigkeit, ihr drohendes Verlorengehen unter ihm trieben sie dazu an, das Leben nach mehr zu fragen. Sie verstand nicht, wie diese Empfindung entstanden war. Wie es kam, dass sie nach Bildern und Gerüchen verlangte, die es in ihren Erinnerungen nicht gab. Sie hatte Menschen, die forderten, stets als verwöhnt abgetan und hitzig, unfähig, dem Gegebenen ins Gesicht zu blicken und es anzunehmen. In manchen Nächten fand sie sich ganz überrascht wieder. Sie blickte in den Spiegel und ihre Augen schienen ihr fremd. Diese Augen waren es, die sich weigerten, Ruhe zu finden, die mehr sehen und erzählen wollten und sich dagegen wehrten, durchdringbar zu werden. Wie kam es, dass diese Augen es anstrebten, Geheimnisse zu beherbergen, der Spiegel eines Wesens zu werden, das dem ungeübten Betrachter nicht zugänglich war; etwas in ihr wartete unter dem Geruch des vollzogenen Liebesspiels, wartete immerzu.

*

In Gesellschaft ließ sie sich selten zum Trinken hinreißen. Meist waren es Freunde ihres Mannes, die zum gemeinsamen Abendessen einluden, eine Zusammensetzung mehrerer Ehepaare, die mit Vorliebe über Steuern und Kleingeistigkeiten sich unterhielten, bis der Alkohol ihren derben Charakter offenlegte. Als vernünftig und prüde empfanden sie Gastgeber und Anwesende, saß sie bei ihnen zu Tisch und verwehrte das Nachschenken. Sie schwenkte den Wein in ihrem Glas, und in der flirrenden

Hitze kurzer Sommernächte sah sie den Mücken beim Ertrinken zu; im Winter fingen die angelaufenen Scheiben ihren Blick ein, und sie folgte den Wassertropfen auf deren Weg in den Frost. Im Herbst war es der Wind, dem ihre Ohren horchten; im Frühling schnupperte ihre Nase nach den Gerüchen in der Luft, die sich klug einschlichen und lange unentdeckt blieben. Sie hielt sich beschäftigt, während um sie ausgehebelt wurde, was als manierliches Miteinander definiert war.

Ihr war das Trinken eine stille Tätigkeit. Gab sie sich dem ganz hin, tat sie es allein. Je mehr Wein sich in ihren Rachen ergoss, desto lauter rief es in ihr nach einer Flucht. Eine Trostlosigkeit ummantelte ihr Fordern, und es bedurfte des Entkorkens einer weiteren Flasche, bis sie in die Taubheit abglitt, bis das Leben nach nichts mehr fragte als dem tonlosen Rausch. Er war ihr wie ein tiefer, traumloser Schlaf, so, wie sie sich ihn vorstellte und aus Kindheitserinnerungen zusammenlegte.

An Abenden, wenn er spät nach Hause kam, erschreckte ihn ihr ungelenkes Gebärden. Nahm er die geweiteten Augen und den schwankenden Gang wahr, die unvollständigen, gelallten Worte, erzürnte es ihn. Er packte sie an den Handgelenken und wies sie zurecht. Er nahm den Wein an sich und verweigerte ihr weiteres Trinken; er war dumm, dachte sie oft, dumm zu glauben, dass sie ihm auch während seiner abwesenden Stunden Folge leisten würde. So zog es sich bis in die Morgenstunden, saß sie tagsüber mit tiefen Augenringen bei der Arbeit und spürte, wie sie die Taubheit langsam verließ und Platz schuf für eine Monotonie, in der sie an nichts dachte. Erst am späten Abend, lange nachdem sie die Werkstatt verlassen hatte, nach selbst vollzogenem Liebesspiel und sorgsam gekochtem Essen, wenn sich seine erwartungsvollen Augen auf sie legten und in Gedanken bereits entkleideten, befiel sie der Schmerz wieder. Sie wartete darauf. Er enttäuschte sie nie.

*

Rückblickend dachte sie, eine andere Person habe an diesem Abend an ihrer Stelle gelebt, ihr später im Schlaf die Finger gebrochen und fremde Erinnerungen zugeschoben. Jemand, der aus Prinzip nichts akzeptierte, das sich nicht seinen Vorstellungen fügte. Ein aufrechter und blinder Mensch mit falschem Stolz, dem die Welt vor dem Fenster entging; der nicht fähig war, weiter zu denken als in Momenten, und seinen fatalen Ansichten zuliebe nicht an ein Morgen glaubte. Jemand, der gesagt hätte, in einem Akt ganz aufzugehen, bedeutet, nach dessen Beendigung selbst nicht mehr zu sein.

An diesem Abend verlor sie sich an diesen Menschen, ging in ihm ganz auf. Als sie ihrem Mann gegenüberstand, kam ihr ganz plötzlich jeder Gedanke an einen folgenden Tag abhanden. Mit den letzten Anflügen der Sommerhitze hatte sich ihr Gemüt verdüstert, mehr als gewöhnlich, wenn sich der Herbst ankündigte, und seit nunmehr drei Monaten verließ sie das Haus kaum noch. In der Werkstatt arbeitete sie zu Unzeiten, dann, wenn sie sich sicher sein konnte, dass niemand über ihre Schulter spähte, und keiner unter verstohlenen Blicken nach Geld fragte. Sie fand keine Worte, keine Erklärung für ihren Zustand, ein ganzer Herbst war beherrscht von Zurückgezogenheit und Zweifel, den sie ihrem Vater und ihrem Mann als eine Verstimmung, einen Gefühlsumschwung vortäuschte. Erst an diesem Abend nun, weit schon in den November hinein, machte im Augenblick, da er ihr gegenüberstand, die eigene Traurigkeit plötzlich Sinn. Es bedurfte kaum mehr als eines Schielens auf den verrutschten Träger ihres Nachthemds, hinunterfolgend bis zur Brust, die zur Hälfte entblößt war, sein Mund in Erwartung leicht geöffnet. Es war ein Anblick, der wie ein roter Faden die vergangenen paar Jahre ihres Lebens durchzog, der Anfang einer immer gleichen Abfolge ihres Liebesspiels; in ihrer Trunkenheit war sie nicht fähig, diese Jahre auch mit anderen Bildern zu füllen, lief in ihrem Kopf eine Endlosschlaufe ab von Entkleiden und Zieren, Handanlegen an seinen Hals, Umgeworfenwerden und schließlich Kleinerwerden unter ihm, bis zum vollkommenen Verschwinden.

Sie lupfte ihre Brüste aus dem Nachthemd und streifte es dann ab, zeigte ihm ihr entblößtes Hinterteil, begann mit lauter Stimme zu fordern, er möge zu ihr kommen, man möge tun, was man immer tue, damit sie endlich schlafen könne, ihre Ruhe habe vor ihm.

Die Abwesenheit auch nur eines liebevollen Worts,

mit dem er diesen Ausbruch hätte abwenden können, bestärkte ihren Ärger. Etwas in ihr wartete noch darauf und wünschte einen Widerstand, sah sich grämend darüber, dass er sie nicht zu beschwichtigen versuchte. Sie erstickte ihren Gram mit dem ersten erzürnten Ausruf, einem Wahnsinn, der aus Dutzenden entleerten, bauchigen Gläsern mündete und einer Angst, nicht mehr zu sein, und vor diesem Ende, nur *das* gewesen zu sein.

Keines seiner Worte drang vor, nicht so, dass sie sich zu einem verständlichen Ganzen fügen durften. Sein Gesichtsausdruck verzerrte sich mit dem Pegel zur Fratze, über die sie herzog und die sie zum Teufel wünschte. Sie wand sich aus seinem Griff mit einer Kraft, deren sie sich nicht bewusst gewesen war.

Ihr war, als habe sie nur diesen einen Moment zur Verfügung, um ihm ins Bewusstsein zu rufen, dass es nicht der Wein war, der sie taub werden ließ, sondern die Verzweiflung über ihr Verschwinden unter ihm, seinen lebhaften Träumen, deren Zeuge sie war, und das Pochen in ihrer Brust nach vollzogenem Liebesspiel, ein Warten auf mehr, dem er niemals nachkam.

Sie packte ihn an den Handgelenken und zog ihn zu sich, bis sein Blickfeld ganz nur sie beherbergte; nicht mehr die Schweißbäche unter ihrem Haaransatz, von ihren Achseln aus bis in den festen Griff, mit dem sie ihn bei sich hielt. Aus den Augen, aus dem Sinn glitt der Raum um sie, der sich mit diesem Aufbegehren nicht vertrug und pikiert seine Wehrhaftigkeit und seinen Stolz suchte.

Ich packe nichts in meinen Koffer, sagte sie, ich gehe barfuß und im Nachthemd aus diesem Haus. Nein, ich springe nicht auf den nächstbesten Zug, ich möchte nicht weg, ich möchte gesagt haben, dass mir dieses Leben nicht reicht, und dann möchte ich, dass du unter mir verschwindest, bis deine ganze Gestalt in meine Handfläche passt und kleiner noch wird und sich einfach in Luft auflöst, und dann möchte ich schlafen, so tief und ausufernd, wie du es tust, ich möchte von allem geträumt haben und in diesen Träumen existieren, ehe mir der Atem ausgeht, und du siehst mir zu, wie ich es tue, siehst mir bei jeder lustvollen Tat und jedem unverständlichen Murmeln zu und hörst, hör mir zu.

Er nannte sie eine Wahnsinnige, befreite sich aus ihrem festen Griff und stieß sie von sich, beruhige dich, sagte er vehement und mit hoher Stimme und dann noch einmal fester und zu sich, beruhige dich.

Sie taumelte und er streckte die Hände aus, um sie aufzufangen, aber sie brach von ihm und rückwärts die Treppe hinunter; er hörte ihren erschreckten Schrei, als sich ihre Finger im Geländer verfingen und brachen, Blut den alten Teppich besprenkelte und ihre nackte Haut, in feinen, wilden Tropfen, die im Moment der Stille danach weitersprachen.

Dieses Geräusch vergaß er nicht.

Neun

Ihm erzähle ich lange nichts. Als wir uns kennenlernen, fast ein ganzes Jahr nach Ende meiner letzten Liebschaft, finde ich keinen Platz dafür. Ich spiele mit einer gewissen Tiefe in den Dingen, die ich erzähle, und einmal sagt er, diese Leichtfüßigkeit bekommt dir gut, als wüsste er, dass ich sie nur zeitweilig überstreife.

Erlaubt es uns die Zeit, lassen wir ganzen Tagen ihren Lauf, ohne teilzuhaben. Mit tiefen Ringen unter den Augen kriechen wir nachmittags kurz aus dem Bett, schlagen Eier auf und braten sie über dickem Speck. Unsere übersäuerten Mägen entgegnen uns darauf mit bleierner Müdigkeit. Vor dem Kaffee drängt es mich wieder ins Schlafzimmer. Die Bettlaken sind noch gewärmt, als ich zurücksteige. Er liest eine Weile in der Zeitung, dreht uns ein paar Zigaretten, er spielt mit dem Tabak zwischen seinen Fingern, lässt sich zur Blödelei verleiten.

Mit der Zeit bediene auch ich seine Musikanlage. Ich bin etwas unbeholfen und schrecke ein paar Mal zurück. Er flunkert mir vor, nichts darüber zu wissen, um dann über meine Schultern zu spähen und Worte des Ansporns zu finden. Schüchtern tut er das. Er wagt sich nicht daran, mir etwas in seinen Grundzügen erklären zu wollen. Ich bleibe vorsichtig, auch wenn er mir mehrmals am Tag versichert, es in seiner Gegenwart nicht sein zu müssen. Fragil scheinen mir stets die Dinge, von denen ich nicht weiß, was sie sind und wie sie zu handhaben.

Mich erstaunt der Lärm, von überall her, umso mehr, weil nichts ruft, nur klingt, nie aufdringlich. Die Nachbarskinder schreien, lautes Wummern dröhnt von den oberen Stockwerken zu uns herab, und die Katzen klauben kleine Vögel von den Bäumen und zerreißen sie in langer, genussvoller Verlorenheit. Dazwischen die Musik, die nie dieselbe ist, und anfangs habe ich große Mühe, mich überhaupt auf seine Worte konzentrieren zu können, geschweige denn zur Ruhe zu finden. Meinen eigenen Atem zu hören, fehlt mir an manchen Tagen. In Momenten, wenn mich Ärger über ihn meine Verliebtheit vergessen lässt, ist mir, als verschwinde ich in einem fremden Leben. Ich nehme dessen Farben und Gepflogenheiten an und werde selbst vollkommen durchsichtig. Dann scheint es wie ein Schritt zurück in die Arme all der anderen Männer, die ich vor ihm geliebt habe, und die kurze Zeit, in der ich in meinem leeren, kleinen Raum ganz bei mir war, wird zu einem törichten, vergeblich gelebten Hirngespinst.

Schlafen wir die Tage durch, träume ich davon nie. Es ist ein langer, versunkener Schlaf, der uns meist erst zu später Stunde wieder entlässt. Kurz steigen wir unter die Dusche, setzen Wasser auf und vergessen es wieder, trinken aus großen Gläsern Rotwein, bis wir abermals völlig betrunken in die Laken stürzen. Dazwischen rauchen wir, legen Gespräche um unser Laster, sagen häufig auch nichts. Diese Tage, die nur um ihretwillen geschehen, sind mir die liebsten geworden.

Über ihn weiß ich ganz wenig nur zu erzählen. Ich denke, das ist gut so. Es wäre banal, unsere Zweisamkeit als solche beschreiben zu wollen. Sicher, ich dürfte ganz ungeniert darüber berichten, wie sehr mir sein morgendlich zerdrücktes Gesicht gefällt oder wie gerne ich mit meiner Nase unter seiner Achsel grabe. Auch ich verliere mich manchmal in den Liebestollheiten anderer Menschen, ob nun freiwillig oder nicht. Aber dass ich ihn hier erwähne, hat einen ganz bestimmten, anderen Grund.

Ich bin immer wieder versucht gewesen, alles in diese Geschichte aufzunehmen. Trotz meines Vorhabens, mich als Person, die ich jetzt bin, zu beschreiben und nicht weiter, habe ich mich mit jedem kleinen Fetzen Vergangenheit, der einfloss, zu einer exakten Beschreibung der Umstände versucht gefühlt. In den Nächten, bevor ich ihn kannte, saß ich wach und führte Protokoll über mein Wühlen in der Zeit, über den Versuch, jeden einzelnen gelebten Tag wieder abzurufen und ihm seinen Beitrag zur Geschichte abzuringen.

Ihm zu Gesicht gekommen sind diese Seiten nicht. Dass es die Menschen, über die ich schreibe, alle gegeben hat, nur Einzelnes und nur im Detail abgeändert wurde, weiß er mittlerweile. Er weiß nun auch, nach geraumer Zeit, die wir gemeinsam verbracht haben, dass zwischen diesen Zeilen noch etwas schläft. Aus unruhigen Nächten anfangs, Gemurmel unter Träumen, trunkener Redseligkeit. Er kennt das Netz, welches diese kleinen Fenster, durch die ich den Blick in mein Leben erlaube, zusammenhält. Ich habe mich einmal dazu bereit erklärt, ihm alle Fragen darüber zu beantworten. Mit jeder Antwort entwirre ich das Gedankengeflecht etwas mehr. Seither erzähle ich davon auch manchmal ganz unverhofft und ohne Grund. Mir kommen Bilder in den Sinn, denen in ihrer Banalität nichts anhaftet. Fein fügen sie sich ins Gesamtbild, das er anzuordnen begonnen hat. Ich empfinde meine Vergangenheit als geordnet, wenn er sie für mich wiedergibt.

Ich fühle mich zerbrechlich in seiner Anwesenheit, wie ein Mädchen aus Glas. Noch wiege ich mich im trügerischen Gedanken, dass wir einander gefunden haben, bevor uns die Zeit wieder auseinandertreibt und ich abermals einen leeren Raum betreten werde, allein und frei.

Es gibt eine unerhörte Anzahl vergessener Tage. Ich erlaube mir Ratlosigkeit über den Wahrheitsgehalt derer, die nicht verloren gegangen sind. Sie sollten zu einer Geschichte werden, die ich nach Belieben forme.

Ich klaube morgens Seiten aus meinem Briefkasten, die mein Vater in der Nacht eingeworfen hat. Er erzählt von der ersten Begegnung mit meiner Mutter und wen sie vor ihm geliebt hat. Er schreibt über die Füße seiner toten Geschwister und das langsame Absterben aller Möglichkeiten eines Menschenlebens.

Er spielt mit Worten, als spiele er mit dieser Zeit. Er möchte unbedingt schreiben, um verstanden zu werden.

Schreiben wollte ich nur, um Ordnung zu schaffen. In dieser Ordnung, die ich nun statt auf Papier greifbar in meinem Gegenüber finde, weiß ich etwas und ich brauche meine Füße nicht mehr länger anzusehen, um mir dessen sicher zu sein: Ich bin ganz da.

Inhalt